KB050927

회귀로

영웅독전

회귀로 영웅독점 **12**

초판 1쇄 인쇄일 2021년 10월 20일 | **초판 1쇄 발행일** 2021년 10월 25일

지은이 칼텍스 | **펴낸이** 곽동현 | **담당편집 팀장** 이범수
편집부 정요한 최훈영 조혜진

펴낸곳 (주)조은세상 | 출판등록 제2002-23호
주소 서울특별시 동작구 동작대로1길 27 5층
TEL 02)587-2966 | FAX 02)587-2922
E-mail bukdu@comics21c.co.kr

칼텍스ⓒ2021
ISBN 979-11-391-0207-9 | ISBN 979-11-6591-494-3(set)
값 8,000원

※잘못 만들어진 책은 구입처에서 바뀌드립니다.
※저자와의 협의에 의해 인지는 생략합니다.

칼텍스 퓨전 판타지 장편소설

회귀로

영웅독점

12

북두
(주)조은세상

칼텍스 퓨전판타지 장편소설

FUSION FANTASY STORY

CONTENTS

Chapter 81.

　운성(運城).

　수도에서 남쪽으로 한참 떨어진 해안가에서 탄생한 이 도시는 성도와 함께 모든 무역의 중심지로 불렸다.

　남부와 북부를 잇는 최대의 항구를 보유해 해안가 모든 도시에 영향력을 행사하고 있었고 성도와도 끈끈한 동맹 관계를 유지하고 있다.

　"원래는 천일 신씨가 아니라 우리 운성 한씨가 왕가에 더 어울렸었지."

　운성으로 도착하는 날.

　한영수는 딱 봐도 들떠 있었다.

"너희들도 가면 나에 관한 생각이 바뀔 거다. 특히 정이 준 너."

"너?"

"그래! 너 인마. 운성에서는 나한테 반말하지 마라. 우리 애들이 너 죽여 버릴 수도 있어."

"호오, 미친놈인데? 이거."

"크하하하! 이제 날 막을 수 있는 사람은 없다."

한영수는 깔깔거리며 웃었고 정이준은 그런 그를 가소롭게 바라봤다.

저러다가 또 이준이한테 당할 텐데 말이다.

그래도 한영수의 행동이 이해 가지 않는 건 아니다.

광명대에서 막내로 굴러먹기를 거의 3개월.

아마 스스로도 자신이 왕국 최고의 가문 중 하나인 운성의 소가주라는 걸 까먹고 있었을 것이다.

억눌린 게 다 폭발하는 거겠지.

그런 한영수를 바라보던 상혁이가 말했다.

"겨우 기를 죽여 놨더니 다시 살아나네."

"놔둬라. 자기 집에서라도 저래야지."

똥개도 제집 안마당에서는 먹고 들어간다지 않던가.

게다가 상혁이가 시키는 모든 수련을 해낸 덕분인지 한영수는 전과 비교할 수 없을 정도로 강해졌다.

자신감이 차오르지 않으면 그게 더 이상할 것이다.

난 들떠서 운성의 위대함을 연설하는 한영수에게 물었다.

"그런데 신권대회에서는 대충 뭘 하는 거냐?"

신권대회가 가주를 뽑기 위한 회의라는 것은 알고 있다.

그러나 구체적으로 무엇을 하는지는 대외적으로 알려진 바가 없었다.

"글쎄, 매번 달라지긴 하는데 주제는 같아. 일단 기본적인 주제는 지덕체야."

"하긴, 그게 지도자의 기본적인 자질이긴 하지."

체(體)는 아마 무공일 것이다.

방식은 어떤 식일지 모르지만 대충 대련 같은 것이 아닐까?

모의 임무일 수도 있고 말이다.

하지만 지(智)와 덕(德)이 무엇인지 모르겠다.

무엇보다 운성은 덕(德)과 거리가 먼 가문인데 말이다.

'단순한 시험은 아니겠네.'

그렇게 생각할 때 즈음 우리는 운성에 도착할 수 있었다.

"크네."

정이준이 감탄사를 뱉으며 성문을 올려 보자 한영수가 의기양양하게 말했다.

"봐라, 시골과는 차원이 다른 성벽 아니냐?"

바다까지 이어진 성벽은 계명과 비견될 정도로 높았다. 정이준은 코를 쿵쿵거리더니 내 옆으로 와서 말했다.

"운성이 잘살긴 하나 보네요."

"잘살지. 이 나라 최고 경제력을 가진 가문이니까."

"호오오오오"

정이준은 나의 귀에 대고 속삭였다.

"우리 막내 가주 만든 뒤 털어먹으면 엄청나게 벌 수 있겠는데요? 지금부터 작전 짜실래요?"

이 삼류 악당을 어떻게 해야 할까?

정이준이 그렇게 헛소리를 하고 있을 때 민주가 현실적인 문제를 짚었다.

"줄 엄청 길다. 이거 오늘 안에 들어갈 수 있어?"

신년을 맞이해서 운성에는 거대한 줄이 늘어선 상태였다.

여타 도시도 그렇지만 운성의 신년은 수도보다도 화려하다고 알려져 있었다.

운성 휘하에 있는 수많은 가문이 선물을 싸 들고 몰려들었기 때문이다.

이 중에는 외려 수도로 장남을 보내고 가주 본인은 운성으로 오는 이들도 많았다.

'멀리 있는 왕보다 가까운 영주가 더 중요하다는 거겠지.'

그러자 한영수가 어깨를 으쓱하며 말했다.

"걱정하지 마라. 내가 이런 줄을 서야겠냐? 나 운성의 한영수야."

그리고는 마부에게 가서 말했다.

"줄에서 나와 앞으로 가라."

"괜찮겠습니까? 다시 돌아와 줄을 서야 할 수도 있습니다."

"에이! 괜찮다니까 그러네. 가."

마부는 한영수의 말대로 줄에서 일탈해 성문 앞까지 달려갔다.

그러자 한 무사가 손을 들며 우리 마차를 멈춰 세웠다.

"멈춰라. 줄을 서야지 이게 뭐 하는 짓인가? 얼른 뒤로 돌아가라."

"저 그게……."

마부가 말을 하기 전 한영수가 마차에서 내리며 말했다.

"잠깐, 잠깐."

무사에게 다가간 한영수는 품속에서 호패를 꺼내며 말했다.

"여기 내 호패다. 확인해 보도록."

무사는 미친놈 보듯 한영수를 바라보다 마지못해 호패를 받아 들었다.

"어! 한영수 도련님!"

무사는 화들짝 놀란 뒤 허리를 숙이며 호패를 돌려주었다.

"그래, 그래. 내가 한영수다. 맘 같아서는 기다리고 싶은데 줄이 너무 길어. 손님도 있고 말이지. 들어가도 되겠지?"

무사는 고개를 끄덕인 뒤 말했다.

"아뇨, 그럴 수는 없습니다. 뒤로 돌아가시죠."

"그래, 수고하…… 잠깐, 뭐?"

한영수가 노려보자 무사는 웃으며 말했다.

"가주님께서 그 어떤 분에게도 특권을 주지 말라 하셨습니다. 특히 한영수 도련님은 타의 모범이 되어야 한다면서 말이죠."

"……내가 지금 내 손님도 함께라고 했을 텐데?"

"네, 같이 담소라도 나누시며 기다리시면 시간도 빨리 가겠죠."

"이런, 씨발."

저 자식 또 성격 나온다.

"너 이 새끼 이름이 뭐야? 어! 어느 부대원이야?"

"북문 수비대 소속 장민철이라고 합니다."

"그래? 그렇게 당당하게 이름 말했다 그거지? 북문 수비대장 어딨어? 너 오늘 잘릴 줄 알아. 수비대장 어디 있느냐고!"

"아이씨."

무사는 신경질적으로 앞머리를 쓸어 올렸다.

"개진상 떠네. 진짜."

"뭐? 야, 너 말 다 했어? 너 죽고 싶냐? 어? 죽고 싶어!"

마차에 타고 있던 이들이 전부 한영수를 바라보며 가고 있었다.

"상혁아, 영수 좀 데리고 와 줘라. 저러다 진짜 큰일 나겠는데?"

"……"

하지만 상혁이는 움직이지 않았다.

상혁이 또한 운성 사람들과 필요 이상으로 엮이기는 싫을 테니 말이다.

아무래도 직접 나서야 할 것 같다.

"금방 다녀올게. 잠깐만 기다려."

그러자 아린이가 바로 자리에서 일어났다.

"그럼 나도."

"그냥 다 내립시다! 아주 조져 놓죠."

나는 고개를 끄덕인 뒤 겉옷을 챙겨 들었다.

대원들이 모두 내리고 나는 한영수의 어깨에 손을 올리며
말했다.

"거기까지 해라. 윽박지른다고 뭐가 되냐?"

"……이서하."

한영수는 아랫입술을 깨물었다.

분하겠지.

단순히 생각하면 여기서 악역은 한영수다.

다른 이들처럼 줄에 서서 기다리기 싫다며 갑질하는 것과
같은 상황이었으니 말이다.

하지만 자세히 본다면 조금 더 복잡하다.

실제로 화려한 마차들은 줄을 서지 않고 바로 도시 안으로
입성하고 있었다.

그런데 운성의 직계인 한영수와 그의 손님인 우리만 기다
려서 들어간다?

이건 명백히 한영수를 무시하려는 의도가 숨어 있는 것이

었다.

'한백사 짓이네.'

한백사가 한영수에게 똑똑히 알려 주는 것이었다.

운성이라는 이름을 빼면 너에게는 아무것도 없다는 것을 말이다.

그렇다고 그냥 보고 있을 수만은 없다.

한영수가 광명대 막내이기도 하고, 또 그를 무시한다는 건 그의 손님으로 온 나 또한 무시한다는 소리였으니 말이다.

나는 겉옷을 입으며 말했다.

"난 청신의 이서하다."

황금빛 자수가 새겨진 붉은 도포.

홍의선인들만 입을 수 있는 예복이었다.

내 이름을 들은 무사는 바로 표정을 굳히며 허리를 숙였다.

"처음 뵙겠습니다. 이서하 선인님."

"그래, 우리 막내가 무례하게 행동한 건 미안한데 말이야. 가만히 보니까 몇몇 마차들은 그냥 안으로 들어가던데? 그건 특권이 아닌가?"

"아, 그것이…… 운성 가문의 사람에게는 특권을 주지 말라는 명이었습니다. 운성가부터 솔선수범해야 한다는 가주님의 명이 있었습니다."

"그래? 그래서 나도 밖에 세워 두겠다? 신유민 저하의 대리인으로 온 나를?"

내가 신유민 저하의 오른팔이라는 건 이미 소문이 파다했다.

최연소 홍의선인인 데다가 신유민 저하의 대리인.

고작 수비대 무사가 감당하기에는 너무 거물이라는 거지.

바로 내가!

"그게……."

"혼자 결정하기 힘들면 대장님한테 말이라도 하고 오게. 날 온종일 밖에 세워 둘지, 아니면 안으로 들여보내 줄지."

"자, 잠시만 기다려 주십시오."

성문 안으로 달려간 무사는 다시 헐레벌떡 뛰어나오며 말했다.

"안으로 들어가시죠."

"……."

한영수는 허망한 얼굴로 무사를 바라보다 나를 따라 마차 안으로 들어왔다.

난 그런 한영수에게 말했다.

"이제 알겠네? 운성에서의 너의 위치는 나보다 못하다는 거."

"……놀리는 거냐?"

"아니. 놀릴 생각은 없어. 그냥 알고 있으라고."

지금까지 들떠 있었다면 이제 현실을 알 때가 되었다.

"너 이번에 실패하면 끝이라는 걸."

한영수는 살짝 고개를 끄덕이고는 이를 갈았다.

'고맙다. 한백사.'

한영수에게 절망과 수치를 줄 생각이었겠지.

하지만 오히려 투쟁심만 불태워 주었다.

'기존의 운성을 더 혐오해라. 한영수.'

그래야 이 썩어 빠진 기둥을 뿌리째 뽑아 버릴 수 있을 것이다.

대로를 따라 도시 안쪽으로 들어간 우리는 안내를 받아 한백사의 저택으로 향했다.

왕궁처럼 화려한 저택 안에는 이미 수많은 사람들이 모여 친목을 도모하고 있었다.

그러던 중 우리 일행이 마차에서 내리자 여기저기서 수군거리기 시작했다.

"저거 한영수 도련님 아닌가요? 정말 이서하랑 같이 왔네."

"동문이라고는 하지만 여기까지 올 정도로 친분이 있는 줄은 몰랐네요."

"그런데 이서하랑 같이 왔다는 건 한영수 도련님도 완전 신유민 저하 쪽으로 붙었다고 봐야겠죠?"

정신을 집중하니 다 들린다.

내가 들어온 그 순간부터 저택의 모든 시선은 나에게로 모였다.

그만큼 나에 대한 관심도가 뜨겁다는 얘기지.

처음에는 좀 낯간지러웠지만 익숙해지니 이게 또 나쁘지

는 않다.

역시, 일부러 홍의를 챙겨 온 보람이 있군.

그렇게 생각할 때 한 남자가 나의 앞길을 막았다.

아니, 정확히 말하면 한영수의 앞길을 막았다고 해야 한다.

"오랜만이다. 영수야. 생각보다 빨리 왔네? 오늘 저녁은 돼
야 들어올 줄 알았는데."

능글맞게 생긴 얼굴.

내가 알아볼 수 없는 걸 보니 회귀 전에는 그리 큰 인물이
아니었던 모양이다.

그보다 저녁이 돼야 들어올 줄 알았다니.

우리가 밖에 있는 걸 알고 있었다는 소리로 들린다.

"누구냐?"

나의 질문에 한영수가 말했다.

"한태규. 내 육촌 형님이야."

"육촌이면 멀기도 하네."

한태규는 나에게 시선을 돌린 뒤 말했다.

"한태규라고 합니다. 이서하 선인님."

"제 이름을 아시네요."

"앳된 얼굴에 홍의. 한 분밖에 없지 않습니까? 그리고 수도
에서 저는 많이 뵈었습니다. 승전식을 할 때도 멀리서 뵈었
죠. 정말 멋있었습니다. 하하하."

뭔가 좋은 사람 같은데?

아니지, 아니지. 운성에 좋은 사람이 있을 리가 없다.

아니나 다를까 한태규는 말을 이어 갔다.

"그런데 그렇게 똑똑하신 분이 영수를 도와주러 오실 줄이야. 헛걸음하고 가시겠네요."

한영수는 입을 꽉 다물고 있었다.

이미 성문에서의 일로 기가 많이 죽은 상태였다.

"똑똑해서 온 겁니다."

일단 여기 주인공은 이놈이니 기부터 살려 주자.

"영수가 제가 아는 운성 놈들 중에는 제일 나아서요."

돌려 까는 놈은 마찬가지로 돌려까 줘야지.

그때 뒤에서 상혁이가 말했다.

"나는?"

"은악의 가주가 무슨 소리를 하냐?"

"아아, 그렇지."

한태규는 내 말에 피식 웃고는 말했다.

"그래요. 그럼 서로 정정당당하게 실력을 겨뤄 보죠. 저는 이만 무사님과 약속이 있어서."

무사님?

이런 이름도 모르는 놈이 데리고 온 무사라고 해 봤자 뭐가 있겠는가?

화경의 경지에 오른 홍의선인 이서하님이 전부……

"빨리 와라. 뭐 하냐?"

"네네! 그럼 즐거운 시간 보내시길."

난 한태규가 달려가는 방향으로 고개를 돌렸다.

그곳에는 큰 키에 얇은 옷을 입은 남자가 신경질을 부리고 있었다.

"밥 먹으러 가자더니 뭔 말이 그렇게 많아?"

"……."

난 저 남자를 알고 있다.

그리고 내가 알고 있다는 건 저 남자도 엄청난 거물이라는 소리다.

그렇게 멍하니 있자 상혁이가 물었다.

"왜 그래? 저거 누군데?"

"……지영학."

무패(無敗)의 투왕(鬪王)이라 불리는 남자였다.

신권대회가 있기 몇 달 전.

성도(成都).

왕국 최대의 섬은 김희준이라는 새로운 가주 밑에서 완전히 다른 곳으로 바뀌었다.

예담은 살벌한 거리를 내려다보며 생각했다.

'원래 가주는 그래도 똑똑했는데 말이야.'

아들이 죽고 폐인이 되긴 했지만 그래도 김성필은 영지를 다스릴 줄 아는 사람이었다.

그러나 새로운 가주가 된 김희준은 완전히 다른 노선을 걸었다.

그 시작점은 왕국에 있는 낭인들을 고용하는 것부터였다.

범죄 기록이 있든 말든 실력만 좋으면 모두 성도의 무사로 고용했고 그 결과 거리에는 개념 없는 무사들로 가득 차 연일 시비가 끊이질 않았다.

물론 치안대도 한통속이었기에 상인들의 고통은 날이 갈수록 심해질 뿐.

'이러다가 상인들이 좀 힘들더라도 육로로 다니기 시작하면…….'

성도는 망한다.

'슬슬 다른 도시로 떠나 볼까?'

어디가 좋을까?

'운성도 나쁘지 않지.'

암부의 본부를 옮기기 위해서는 두 가지 조건이 필요하다.

첫째로는 외지인이 자주 드나드는 곳일 것.

그리고 두 번째는 이전하는 도시의 전폭적인 지원이다.

"예담님. 손님이 찾아오셨습니다."

"손님?"

"네, 운성에서 온 사람이라고 합니다."

예담은 운성이라는 말에 미소를 지었다.

'암부의 본부까지 올 만한 정보력을 가진 사람이라면…….'

운성 안에서도 꽤 권력이 있는 사람임이 분명했다.

"금방 가마."

예담은 머리를 올려 비녀를 꽂고는 객잔으로 내려갔다.

객잔에는 훤칠하게 생긴 남자가 있었다. 예담은 그의 정체를 한눈에 알아보았다.

한태규.

운성의 수도 지부를 관리하는 지부장으로 차기 권력자 중하나였다.

"안녕하십니까? 암부의 단장이 이렇게 아름다운 여인이었을 줄은 몰랐는데."

"어머, 칭찬 감사합니다."

예담은 미소와 함께 한태규의 앞에 앉았다.

"어떤 일로 오셨습니까?"

"이곳을 찾은 이유는 한 가지죠. 사람을 고용하러 왔습니다."

"그래요?"

한태규의 말을 들은 예담은 곧 있을 운성의 대형 행사를 떠올렸다.

"신권대회 때문이겠군요."

"네, 역시 알고 계시군요."

젊은 시절의 한백사가 신권대회에서 승리하기 위해 암부

를 찾았던 기록이 남아 있었다.

당시 한백사는 한 학자와 무사를 고용했고 이 둘의 도움으로 신권대회에서 우승을 차지했었다.

예담은 곰방대를 입에 물었다가 뗀 뒤 말했다.

"그럼 정확히 누구의 의뢰인 겁니까? 한태규 씨입니까? 아니면 한 가주님?"

"제가 의뢰주입니다."

"……."

예담은 잠시 생각에 잠겼다.

'받아들여도 되는가?'

한태규는 한백사의 직계가 아니었기에 조심스러울 수밖에 없었다.

어찌 됐든 운성의 주인은 한백사이니 말이다.

예담이 고민하자 한태규는 그럴 줄 알았다는 듯 서신을 내밀었다.

"일단 이것부터 확인해 주시죠."

그 안에는 간단한 안부 인사와 함께 이렇게 적혀 있었다.

──……한태규가 원하는 거래가 무엇이든 알아서 진행해 주게.

그리고 그 밑에는 한백사의 인장이 선명하게 찍혀 있었다.

'허가를 받았구나.'

한영수의 행보가 위태롭다는 소리는 들었는데 결국 신임을 잃은 것이었다.

"축하합니다. 인정을 받으셨군요."

이제 거래하는 데 거리낄 것이 없다.

"하하하, 과찬이십니다. 아직 큰할아버님의 인정을 받으려면 멀었죠. 이제 겨우 동등한 선에 섰다고 할까요?"

"그럼, 거래 이야기를 하죠. 누구를 원합니까?"

예전 한백사는 오직 자신만의 힘으로 무사와 학자를 고용했다.

기록에 따르면, 당시 한백사가 들고 온 돈은 무려 10만 냥.

가문에서 버림받듯이 했던 한백사가 홀로 이루어 낸 재산이었다.

그런 이의 허락을 받아 냈을 정도라면 과연 한태규는 얼마를 가지고 왔을까?

한태규가 호위 무사를 바라봤다.

"여기 올려 주게."

호위 무사는 상자를 올려놓은 뒤 뚜껑을 열었다.

안에는 은자(銀子) 100개가 들어 있었다.

총 5,000냥.

예담은 곰방대를 입에 물었다.

'수도 지부를 가지고 5천 냥이라……'

조금은 실망스러웠다.

암부에 와서 돈을 쓸 생각이라면 적어도 만 냥부터는 시작해야 하지 않겠는가?

5천 냥으로 고용할 수 있는 이들은 평범한 무사들밖에 없었다.

"이걸로는 충분하지 않을 텐데요."

"하하하, 상자 하나만 가지고 왔겠습니까?"

한태규는 미소와 함께 말했다.

"이와 같은 상자를 100개 드리죠."

"······!"

50만 냥이었다.

신태민도 쉽게 낼 수 없었던 바로 그 금액. 잠시 멍하니 한태규를 바라보던 예담은 미소와 함께 말했다.

"생각보다 많이 가져오셨네요?"

"운성의 가주만 될 수 있다면 이 정도 돈은 아무것도 아니죠."

"하긴."

이 나라 경제를 책임지고 있는 운성의 가주만 된다면 50만 냥이 대수일까?

"좋습니다. 그럼 그 정도 돈으로 원하는 무사는 누굽니까?"

"지영학. 일단 그분은 꼭 만나 뵙고 싶군요."

암부의 무사들에 대한 정보까지 알고 있다.

아마 한백사에게 들었겠지.

예담은 고개를 끄덕였다.

"지금부터 호출하더라도 한 달 뒤에는 만나 보실 수 있을 겁니다."

"신권대회는 아직 꽤 남았으니 여유롭게 준비하셔도 됩니다. 그리고 상업에 밝은 학자 하나, 실력 좋은 암살자 하나 추천해서 붙여 주실 수 있겠습니까?"

예담은 식탁을 두드리다 말했다.

"추천하고 싶은 사람들은 있지만 그 사람들도 좀 비싸서 말입니다. 그래도 기념비적인 첫 거래이니 그건 덤으로 드리죠."

"감사합니다."

한태규는 미소를 지었고 예담은 고개를 끄덕이며 손을 내밀었다.

"하시는 일 모두 잘되길 바랍니다."

"이번 일만 잘되면 운성은 암부를 가족처럼 지킬 것입니다."

그런 대답을 듣고 싶었다.

운성.

한영수가 말한 따뜻한 환대는 없었다. 한백사에게 인사를 하고 온 한영수는 애써 웃으며 말했다.

"그게 손님방이 가득 찼다네? 하하하! 이게 운성이지. 봤냐? 온갖 가문들이 선물 싸서 들고 오는 거? 그래서 우리는 저기 홍운관(紅雲館)이라고 운성 최고의 객잔에서 묵기로 했다. 손님방보다 더 좋아."

어떻게든 너스레를 떨며 자신의 처지를 숨기려는 한영수였지만 우리 모두가 알고 있다.

그나마 민주가 분위기를 풀어 보겠다고 목소리를 올렸다.

"여기 엄청 좋다. 음식도 맛있고, 목욕탕도 엄청 깨끗하고. 침대도 엄청 좋아!"

"이게?"

하지만 우리 눈부시게 아름다운 유아린 씨가 찬물을 끼얹었다.

"음식 시키고 반 시진 동안 나물 몇 개 나왔는데?"

"아하하, 나물이 맛있잖아."

"나물이 그냥 나물이지. 오히려 좀 오래된 거 같은데. 누린 내 나."

그러자 민주가 아린이의 손을 잡으며 작게 중얼거렸다.

"아린아. 제발. 영수 울겠다."

진짜 방에 가서 우는 건 아닌지 모르겠다.

나는 온 힘을 다해 못 들은 척하는 한영수에게 말했다.

"찬밥 신세일 거라는 건 예상했어. 너도 나랑 손잡은 이상 이렇게 될 줄 알았잖아. 안 그래?"

"어? 어, 그렇지. 그래. 이럴 줄 알았지⋯⋯."

아무리 수비대에서 구르다 왔다고 하더라도 자신이 왕처럼 군림하던 곳에서 찬밥 신세가 된 건 적응할 수 없나 보다.

하지만 정신 똑바로 차려 줬으면 좋겠다.

지영학.

그가 여기 있으니 말이다.

"중요한 건 신권대회야. 정식으로 소가주가 된다면 너만의 세력을 만들 수 있으니 걱정하지 마라."

한백사는 한영수에게 네가 다음 가주가 될 것이라며 헛바람을 넣었다.

그 때문에 멍청한 놈은 이미 소가주로 임명된 듯이 안하무인으로 행동했고 주변에서도 맞춰 주었다.

그러나 내정된 것과 정식으로 임명되는 것은 그 격이 다른 법이다.

'한백사의 도움 없이 한영수가 정식 소가주로 정해진다면 분명 이쪽에 줄을 서기 시작할 거다.'

아무리 한영수가 한심해도 늙은 권력보다는 젊은 권력이 더 강한 법이니 말이다.

하지만 그러려면 일단 신권대회부터 이겨야겠지.

"그래서 말인데 한태규라는 사람은 뭐 하는 사람이야?"

"아, 우리 작은할아버지 손자인데 운성 수도 지부를 담당하던 사람이야."

"그게 다야? 그 사람 능력은 어떤데?"

"능력은 좋아. 백의선인이기도 하고……."

"너 아는 게 없구나?"

"응."

한영수는 고개를 끄덕였다.

하긴, 저 녀석은 어렸을 적부터 자기가 차기 가주가 될 것이라 믿어 의심치 않고 살았으니 말이다.

그러니 주변의 다른 사람을 신경 쓰지도 않았겠지.

하지만 지영학을 대동하고 나온 이상 평범한 사람이라고 볼 수는 없었다.

'적어도 돈은 어마어마하게 많은 거지.'

암부의 무사는 두 종류로 나뉜다.

천우진처럼 범죄를 저지르고 암부에 몸을 의탁한 자와 지영학처럼 방랑 무사로 세상을 떠돌며 돈이 필요할 때만 의뢰를 받는 이들이다.

'그러니 이런 공개적인 곳에도 나올 수 있겠지만…….'

설마 여기서 지영학을 상대하게 될 줄이야.

나는 표정을 굳히며 말했다.

"네 경쟁자가 데리고 있던 그 사람, 엄청난 고수야. 지영학이라고 들어 봤어?"

"아니. 못 들어 봤는데. 그래도 너보다는 약하지 않아?"

한영수는 반짝거리는 눈으로 날 바라봤다.

하긴, 나도 이제 화경의 고수다.

거기에 극양신공까지 사용한다면 내가 이기지 못할 고수
는 많지 않다.

하지만 이번만큼은 한영수가 기대하는 대답을 줄 수 없었다.

"솔직하게 말해 나보다 약한지 강한지 몰라."

지영학이 유명해진 것은 그가 도장 깨기를 시작하면서부
터였다.

각종 무학관을 찾아가 비무를 신청한 그는 유명한 교관들
을 차례차례 꺾으며 위명을 쌓아 갔다.

그리고 결국 성무학관의 교관들마저 그의 발 앞에 쓰러졌
고 그 뒤로는 선인 사냥을 시작했다.

사냥이라고는 하지만 불법적인 것은 아니었다.

유명한 선인들에게 비무를 신청하고 모두가 보는 앞에서
이들과 싸울 뿐.

그리고 그 당시 지영학의 전적은 무패(無敗)였다.

"마지막으로 신유철 국왕 전하한테 도전하고 사라졌다고 해."

그러자 상혁이가 놀라며 나를 바라봤다.

"잠깐, 그게 가능해? 국왕 전하한테 도전하는 거."

"무과도 안 치른 놈이 선인들을 다 꺾으며 유명해지니 국
왕 전하도 한번 싸우고 싶었던 거지."

머릿속에 전쟁밖에 없던 분이니 떠오르는 인재를 그냥 버
릴 수는 없었을 것이다.

"그래서 이긴 거야?"

"무승부라던데?"

내 말이 끝나자 모두가 심각한 얼굴이 되었다.

신유철 국왕 전하의 무위(武威)는 왕국 널리 알려져 있었다.

무신이라 일컫는 우리 할아버지와 비견될 정도였으니 말이다.

왕권 강화를 위해 신격화를 하는 과정에서 실력이 과장된 면도 있으나 수많은 전장을 누비며 황제국까지 벌벌 떨게 만들었던 인물이다.

그런 이와 무승부를 냈다는 건 지영학의 실력 또한 만만치 않다는 뜻이었다.

그렇게 해서 붙은 무명(武名)이 바로 무패투왕(無敗鬪王)이었다.

"쉽지 않은 대회가 되겠네. 다들 긴장해. 특히 너 한영수."

"……그래, 알았어."

화경(化境)의 경지에 들어서면서 웬만한 일은 쉽게 쉽게 갈 수 있을 거로 생각했었다.

하지만 이 세상에 쉬운 일은 없다.

'세상은 넓고 고수는 많은 법이지.'

여기 와서도 개고생하게 생겼네.

◆ ◆ ◆

운성에 도착한 지 3일 정도가 지났다.

그사이에 내린 함박눈이 거리를 하얗게 물들였다.

그리고 눈발이 잦아들던 첫날 신권대회가 시작되었다.

"신권대회(新權大會)는 우리 운성 가문의 오래된 전통으로 각자 자기 능력에 맞는 자리에서 가문에 이바지할 수 있도록 능력을 시험하는 자리다."

"개소리네요. 다 내정해 놓고."

"그렇지."

나와 정이준은 작게 속삭였다.

첫 신권대회는 한백사의 말대로 좋은 취지로 시작되었겠지.

하지만 모든 제도가 그렇듯 고이면 썩는 법이었다.

이미 모든 자리가 내정된 상태로 시작되는 지금의 신권대회처럼 말이다.

"그러니 서로 무리해서 경쟁하지 말고 스스로의 능력을 발휘하는 데 신경 쓰도록 하라. 그럼 참가자들은 순서대로 앞으로 나오도록."

마당에는 운성의 식솔들과 증인으로 참가할 수많은 유지가 자리를 잡고 있었다.

이윽고 한 명씩 호명되기 시작했다.

"가장 먼저 한태규 수도 지부장 앞으로."

한태규가 앞으로 걸어 나갔고 그의 뒤를 지영학과 몇몇 수하들이 따랐다.

'처음을 한태규로 했구나.'

나이순이라고 말은 하지만 만약 한영수가 버려지지 않았다면 그가 가장 먼저 앞으로 나아갔을 것이다.

순서야 기준을 어떻게 잡느냐에 따라 달라지니 말이다.

그만큼 첫 번째 호명자가 누구냐는 꽤 중요한 문제였다.

'일종의 대표인 셈이니까.'

이걸로도 알 수 있다.

한태규가 한백사의 선택을 받았다는 것을.

'힘들겠네.'

시험 출제자와 응시자가 같은 편이라니.

결과가 훤히 보인다.

이후 나이순으로 하나씩 호명이 되고 마지막으로 한영수가 불렸다.

"중급 무사 한영수."

"……."

한영수는 작게 한숨을 내쉰 뒤 앞으로 나아갔다.

지부장이니 상단장이니 뭐니 하는 호칭 속에 중급 무사라니.

그래도 우리 대장이다.

나는 한영수의 등을 쳐 주며 말했다.

"어깨 펴고 걸어 나가라. 네 뒤에 나 있다."

"……알았어. 알았어."

이윽고 한영수까지 자리에 서고 나는 한백사와 눈을 마주

쳤다.

한백사는 잠시 나를 내려 보다 말했다.

"그럼 첫 번째 과제를 주겠다! 첫 번째 과제는……."

어찌 됐든 여기까지 오니 욕심이 나기 시작했다.

신평, 운성, 계명, 그리고 가능하다면 성도까지.

쉽지는 않겠지만 왕국의 근본이라고 할 수 있는 4 가문을 모두 가지고 가면 나찰과의 전쟁을 더욱 수월하게 준비할 수 있다.

그러니 일단 운성이다.

'뭐든 해 봐라. 한백사.'

운성은 내가 먹어 줄 테니.

"지혜(智)다!"

그렇게 신권대회가 시작되었다.

지덕체(智德體) 중 첫 번째 과제는 지혜.

'어떤 방식이려나.'

시험은 내는 건 한백사와 현 운성의 권력자들이었다. 한백사가 내 예상대로 한태규와 뜻을 같이하는 것이라면 우리에게 상당히 불리하게 내겠지.

"운성은 이 나라의 모든 산업과 상업을 책임지고 있는 대가문(大家門)이다. 적은 돈도 제대로 다루지 못하는 자가 큰돈을 다룰 수는 없는 법."

운성은 돈 위에 세워진 가문이었다.

왕국 초기부터 운성은 왕국 무기 생산의 7할 이상을 담당하고 있었고 지금에 이르러서는 농업을 제외한 거의 모든 생산의 5할 이상을 책임지고 있었다.

한마디로 왕국의 공방(工房)이라고 볼 수 있다.

그러니 가주 또한 경제에 대해 빠삭하지 않으면 운성은 물론 왕국 전체 산업이 흔들릴 수 있다.

"이번 지혜의 과제에서는 참가자들 각자 현재 보유하고 있는 자본을 가지고 사업을 시작해 재산을 불려야만 한다. 최소 초기 자금 500냥은 내가 빌려줄 것이다. 이는 갚아야 하는 돈이니 신중하게 쓰도록. 기한은 보름이다. 그럼 지금부터 시작하라."

그럴듯하게 과제를 낸다고 꽤 머리를 굴린 모양이었으나 공정성이라고는 하나도 없는 내용이었다.

각자의 자본을 사용할 수 있다면 결국 초기 자본의 양으로 승패가 결정될 것이니 말이다.

그리고 아마 참가자 중 가장 많은 자본을 가지고 있는 건 수도 지부에서 사업을 벌여 온 한태규일 것이다.

'모르긴 몰라도 엄청난 돈을 가지고 있겠지.'

갈리아의 경제 상인들이 자주 하던 격언이 있다.

- 돈이 돈을 부른다.

한마디로 자본만 충분하면 이를 불리는 것은 식은 죽 먹기라는 뜻.

게다가 보름이라는 짧은 시간밖에 없기에 다른 도시를 왔다 갔다 할 시간이 없으니 사업은 무조건 운성에서 시작해야 한다.

그리고 운성의 시민들은 전부 한백사의 편일 것이다.

'한백사를 신처럼 떠받는 곳이니까.'

한백사는 단순히 권력과 돈에 미친 늙은이가 아니라는 것이다.

정적은 죽이고, 경쟁자를 무자비하게 망가트리며, 성공하기 위해 수단과 방법을 가리지 않는 악인이었으나 운성의 시민들에게는 황금기를 가져다준 유능한 가주였으니 말이다.

'시민의 지지가 곧 힘이라는 걸 잘 알고 있는 사람이지.'

인간 한백사는 쓰레기일지 몰라도 가주 한백사는 인정할 수밖에 없다.

'그러니 뭘 해도 쉽지 않을 거야.'

내 이름이 걸린 순간 불매 운동이 일어나도 이상하지 않다.

이건 마치 사방이 적인 곳에 홀로 떨어진 것과 마찬가지.

'거기다 자본까지 없으면 절대 내가 이길 방법은 없다고 생각했겠지.'

아마 이미 승리의 축배를 들고 있지 않을까?

그렇게 생각하자 웃음이 나오기 시작했다.

"크크크."

그러자 패배를 직감한 듯 침울하게 있던 한영수가 물었다.

"왜 웃냐? 실성했냐?"

"이거 우리한테 너무 유리한걸?"

"뭐?"

한백사는 가장 중요한 것을 놓쳤다.

긴장한 채 서 있던 한영수는 구세주 보듯 나를 보며 말했다.

"정말? 어떻게? 왜 우리한테 유리한데?"

"바로 나라는 존재 때문이랄까?"

"……."

크, 이런 멋진 말을 하고 싶었지.

이것은 허세가 아니다.

이미 말했듯이 사업은 자본이 많은 쪽에 유리하다.

그리고 나는 그 누구보다 많은 자본을 가지고 있는 사람이다.

"한백사도 은악상단이 내 것이라는 것을 몰랐나 보군."

한태규에게 유리한 상황을 만들기 위해 최선을 다한 거 같지만 아쉽게도 이 운성에는 이미 나의 은악상단이 들어와 있다.

운성이라는 거대한 적과 싸우기 위해 어마어마한 자본을 가지고 말이다.

그러니 한태규가 얼마를 가지고 있든 나보다 많을 수는 없으리라.

"자, 대방(大房) 이서하의 힘을 보여 줄 차례군."

자본은 곧 힘.

시시해서 죽고 싶어졌다.

"이미 끝난 싸움이니 여유롭게 술이나 한잔하자고."

그때였다.

"저기요. 대장님."

정이준이 슬쩍 손을 들며 말했다.

"은악상단은 이용 못 해요."

"응?"

"그 한백사? 그 사람이 그랬잖아요. '참가자들은 각자 현재 보유하고 있는 자본을 가지고'라고요."

"그래서?"

"우리는 참가자가 아니에요. 참가자는 우리 막내지."

잠깐, 뭐?

"그럼 내가 투자하는 식으로 하면……."

"그것도 안 돼요. '현재 보유하고 있는'이라고 못 박았잖아요."

"그러네?"

망할 기억력.

한백사의 말이 토씨 하나 안 틀리고 다 생각난다.

그럼 지금 나 말장난에 낚인 거야?

그때 정이준과 상혁이가 내 앞에서 속삭였다.

"우리 대장님 똑똑한 거 아니었어요?"

"쟤 삽질할 때는 나보다 멍청해."

다 들린다.

그때 아린이가 끼어들었다.

"한상혁, 서하가 이것도 예측 못 했을 거로 생각해? 그렇게 믿음이 없니?"

그리고는 나에게 다가와 신뢰 가득한 미소를 지었다.

"서하라면 다 예측했을걸? 그렇지?"

아린아, 나 예측 못 했어.

'그래도 어쩔 수 없지.'

저렇게까지 신뢰해 주는데 뭐라도 해야 하지 않겠는가?

나는 한영수에게 물었다.

"그럼 한영수. 너 얼마나 있냐?"

"돈 없는데?"

"월급 받았을 거 아니야."

"야, 그거 집세 내고 먹을 거 먹으면 끝이야. 명월관 가격이 얼마인데."

"미친놈아. 중급 무사가 명월관을 왜 가?"

"항상 거기서 먹었으니까."

이래서 부자들이란.

"그래서 지금 한 푼도 없다?"

"아쉽게도 그렇지."

"아……."

그럼 뭐야?

우리 자본이라고는 한백사가 빌려주는 초기 자금 500냥이 끝이라는 건가?

"잠깐, 그럼 한태규는……."

수도 지부장이면 도대체 얼마나 있는 거야?

"……망했네."

내 말을 들은 한영수의 표정이 굳어졌다.

그리고 그때였다.

"저기 말입니다."

정이준이었다.

그래, 정이준!

지혜의 과제라면 우리 광명대의 삼류 악당, 아니 최고의 두뇌인 네가 움직일 때다.

"저에게 아주 좋은 사업안이 있는데 한번 들어 보시겠습니까?"

"뭔데?"

모두의 시선이 몰리자 정이준이 의미심장하게 말을 이어 갔다.

"이거 완전 대박입니다. 킥킥킥."

저거 분명 또 이상한 생각을 하는 게 분명했다.

첫 번째 과제가 나오고 하루가 지났다.

한태규는 자신의 사람들과 함께 사업 시작 전 마지막 회의를 진행했다.

"지부장님이 잘 대비한 덕분에 질 좋은 솜옷과 구의(裘衣)를 대량으로 준비할 수 있었습니다. 물량을 풀기 시작하면 불티나게 팔릴 것입니다."

"그래, 수고했다. 차질 없이 잘 진행하도록."

"넵. 지부장님."

그렇게 부하들이 나가고 바로 옆에서 호두를 까먹던 지영학이 말했다.

"내가 할 일은 없나?"

"이번 과제에서는 편히 쉬시면 됩니다."

"아이, 비싼 돈 받고 노는 거⋯⋯."

말끝을 흐리던 그가 미소를 지으며 말을 이어 갔다.

"아주 좋아. 내 취향이야."

"지덕체(智德體) 중 지(智)와 덕(德)은 제가 알아서 하겠습니다. 여러분은 체(體)만 잘 준비해 주시면 됩니다."

"그래, 우리 우진이가 약골이긴 해도 그렇게 당할 놈은 아니었는데⋯⋯."

그리고는 갑자기 웃기 시작했다.

"크크크, 그러고 보면 그 새끼 20살도 안 된 놈한테 진 거잖아. 나 같으면 쪽팔려서 자살한다. 아, 이미 죽었지?"

한태규는 불안한 눈으로 지영학을 바라봤다.

'원래 저런 사람이었나?'

그래도 한백사가 추천한 사람이며 암부 최고 등급의 무사였다.

실력 하나는 의심할 여지가 없다.

"그나저나 너 사전에 시험 내용 알고 있었지? 아니면 이렇게 물 흐르듯 넘어갈 수 있을 리가 없잖아."

한태규는 미소를 지었다.

그러자 지영학이 호두를 박살 내며 말했다.

"같은 편인데 말해 주지?"

"맞습니다. 미리 알고 있었습니다."

한태규는 한백사와 했던 거래를 떠올렸다.

약 1년 전.

한영수가 하급 무사로 수비대에 들어간 지 1년이 지났음에도 운성으로 복귀하지 못하는 것을 본 한태규는 때가 왔음을 직감했다.

'한영수 그놈이 선을 넘었구나.'

짐작대로 얼마 지나지 않아 한백사로부터 서신이 하나 날아왔다.

'……이건 기회다.'

한백사가 한영수를 대신할 인물로 자신을 선택한 것이다.

그렇게 도착한 운성.

한백사는 반갑게 한태규를 맞이했다.

"오랜만이구나. 태규야."

"몸은 좀 어떠십니까? 큰할아버지."

"아직 10년은 거뜬하다."

"영수 얘기는 들었습니다. 그 자식 자기 멋대로 수비대에 들어갔다고요."

"그래. 애가 머리가 크더니 자기 인생은 자기가 알아서 살아 보겠다더구나."

"금방 정신을 차리지 않겠습니까? 운성의 차기 가주가 되려면 슬슬 복귀해 가주 일을 배워야 할 테니까요."

한태규는 슬쩍 한백사의 눈치를 보았다.

그러자 한백사가 크게 웃으며 말했다.

"하하하! 마음에도 없는 소리를 하는구나. 너도 알고 있지 않으냐? 내가 널 영수 대신으로 삼기 위해 불렀다는 걸."

"……!"

한태규는 올라가는 입꼬리를 어떻게든 잡아 내리며 생각했다.

'나를 지켜보고 있었구나.'

한백사 역시 한영수가 혹시나 잘못됐을 때를 대비해 몇몇 후보를 생각하고 있었다.

그리고 한태규가 가장 적합한 인물이라 생각한 것이다.

한백사는 말을 이어 갔다.

"곧 있을 신권대회에서 너를 우승시켜 주마. 나도 이렇게 백발이 셌으니 손가락질받기 전에 뒤로 물러나야지. 대신 관리들은 내가 전부 임명하고 나갈 생각이다."

"관리들을요?"

"그래. 혹시 네 사람을 쓰고 싶은 게냐?"

한마디로 가주만 빼고 전부 자신의 사람으로 채워 놓고 물러나겠다는 소리였다.

하지만 한태규는 미소를 지었다.

'저 늙은 놈이 어떻게든 권력은 안 놓으려고 하는구나.'

원래 계획이라면 한영수를 꼭두각시로 세워 놓고 뒤에서 조종할 생각이었을 것이다.

그렇기에 한영수를 세뇌한 것이다.

자신의 말에 맹목적으로 따르도록 말이다.

그러나 상황이 바뀌었고 한백사는 가주를 제외한 다른 관리들을 자신의 사람으로 채움으로써 권력을 유지할 생각이었다.

'만약 내 마음대로 관리들을 자르려고 하면 난리가 나겠지.'

한마디로 꼭두각시 가주가 되라는 소리였다.

그러나 한태규는 기다릴 자신이 있었다.

'그래 봤자 천년만년 살 것도 아니니까.'

한백사가 죽고 싹 다 갈아엎어도 늦지 않으리라.

"아니요. 오히려 그렇게 해 주신다니 안심입니다. 제가 아는 사람이 있겠습니까?"

"하하하, 겸손하구나. 좋아. 그렇게 계속 겸손하도록 하거라."

"가르침 감사합니다. 큰할아버지."

그렇게 두 남자의 동상이몽이 시작된 것이다.

그날 이후 한백사는 암부를 소개해 주고, 신권대회의 과제를 자신에게 유리하게 만들어 주는 등 한태규에게 모든 지원을 아끼지 않았다.

'일단 신권대회부터 잘 치르고 생각해 보자.'

그렇게 생각할 때였다.

"지부장님! 지부장님!"

한 남자가 헐레벌떡 뛰어 들어와 한태규에게 말했다.

"지금 당장 나와 보셔야 할 거 같습니다."

"무슨 일인데 그리 소란이냐?"

"그게, 한영수 도련님이……."

남자는 거친 숨을 몰아쉬며 말했다.

"돈을 쓸어 담고 있습니다!"

고작 하루 만에 돈을 쓸어 담는다고? 그것도 자본조차 없는 한영수가?

수하의 말에 한태규는 생각에 잠겼다.

'한영수는 그럴 능력이 없다. 그렇다면…….'

그 순간 한태규의 머릿속에 한 남자가 스쳐 지나갔다.

이서하.

그가 무슨 신기를 부린 것이 분명했다.

"앞장서라."

청신의 기린아(麒麟兒).

그가 움직이기 시작한 것이었다.

'도대체 무슨 짓을 벌인 거지?'

고작 하루 만에 돈을 쓸어 담는다고 할 정도라면 대단한 사업을 시작한 것이 분명했다.

그렇게 긴장하며 도착한 거리에는 사람들이 구름처럼 모여 있었다.

한태규는 길을 뚫고 들어가 인파의 맨 앞줄로 나아갔다.

"자자! 날마다 오는 기회가 아닙니다."

신이 나서 외치는 정이준.

"……."

한태규는 상상도 하지 못할 사업이 벌어지고 있었다.

Chapter 82.

"이거 완전 대박입니다. 킥킥킥."

그렇게 말했을 때 그만뒀어야만 했다.

정이준 이 자식이 잔머리가 잘 돌아가긴 해도 그건 어디까 지나 사람을 속이는 일에 특화되어 있을 뿐이었으니 말이다.

물론 그 능력을 보고 뽑은 거긴 한데 좀 힘들다고 이런 일 을 맡겨서는 안 됐다.

"자자자! 매일 오는 기회가 아니다! 세상 그 어느 곳에서도 밝히지 않은 청신(靑申)의 비밀이 오늘 이곳 운성에서! 오직 운성에서만 밝혀진다!"

가면을 쓴 정이준은 온갖 현란한 개인기를 뽐내며 사람들을 끌어모았다.

청신의 비밀.

운성의 사람들은 청신이라는 도시에 어느 정도 경쟁의식을 가지고 있었기에 정이준의 말에 대부분 반응했다.

이윽고 사람들이 주변을 에워싸자 민주가 가면을 쓰고 앞으로 나아갔다.

"그럼 청신의 비밀을 공개합니다!"

쿵! 쿵! 쿵! 쿵!

가면을 썼음에도 창피한지 고개를 푹 숙이고 북을 치는 지율이. 그래도 저 앞에 나가지 않은 것을 다행으로 여겨야 할까?

이윽고 박민주가 연기를 시작했다.

"할아버지! 강해지고 싶습니다!"

"그래, 우리 서하도 이제 다 컸구나!"

민주의 역할은 이서하.

정이준의 역할은 이강진. 우리 할아버지다.

"아…… 못 보겠다."

온몸에 소름이 돋고 손발이 오그라들어 차마 볼 수가 없다.

하지만 저 두 사람은 얼굴에 철판을 깔았는지, 아니면 가면을 써서 당당한 건지 연기를 이어 나갔다.

"내가 어떻게 무신이 되었는지 아느냐?"

"열심히 수련하신 거 아닙니까?"

"아니다!"

두둥!

북소리가 긴장감을 고조시킨다.

근데 지율이는 언제 저걸 맞춘 거야?

어쨌든 모든 이들의 이목이 쏠린 그 순간 정이준은 작은 병 하나를 들며 말했다.

"바로 이 청신신수(靑申神水)를 마셨기 때문이지."

"……."

맹세컨대 저런 거 마신 적 없다.

"남악의 깊은 곳! 그곳에 숨겨진 신수란다. 내가 이것을 찾은 후로 우리 청신에서는 어마어마한 고수가 나오기 시작했지!"

어마어마한 고수라고 해 봤자 나랑 이건하뿐 아닌가?

"자! 마시거라! 손자야."

"오.오.오.오! 힘이 생깁니다!"

"서하야, 진짜 저런 게 있었어?"

순진무구하게 묻는 아린이.

저런 게 있을 리가 있나. 저 물은 정이준이 오늘 새벽에 우물가에서 퍼 온 물이란 말이다.

한마디로…….

"사기네."

상혁이의 말에 나는 고개를 끄덕였다.

정이준의 그 웃음소리를 듣고도 해 보라고 말한 내 잘못이다.

하지만 어쩔 수 없지 않은가? 자본도 없는 지금 2주 만에 한태규를 이길 방법이 없으니 말이다.

그렇다면 지푸라기라도 잡는 심정으로 정이준의 계획에 따라 봐야 하지 않겠는가?

"저거 괜찮겠어?"

"괜찮아. 자기가 책임진다고 했으니까."

혹시나 문제가 생기면 자기가 다 책임질 테니 뒤에서 지켜보기나 하라고 말한 정이준이었다.

그런데 그때였다.

"에이, 저런 게 어딨어?"

그럼 그렇지.

닳고 닳은 운성의 시민들이 이런 바보 같은 사기에 당할 리가 없지 않은가?

남자의 의문에 모두가 고개를 끄덕이기 시작했고 분위기는 점점 나빠지기 시작했다.

그리고 그때 정이준이 소리쳤다.

"하하하! 이 사람들 속고만 살았나. 그렇다면 이것을 보고도 믿지 않을 수 있을까?"

그리고는 나의 홍의를 펼쳐 보였다.

"바로 이것이 이서하님의 홍의다!"

선명하게 찍혀 있는 황금 자수.

그것을 본 사람들의 눈이 동그랗게 떠졌다.

"바로 이것이 선인님이 기꺼이 빌려주신 우정의 증표!"

"나 저거 봤어. 이서하 선인님이 입고 다니는 거."

"진짜야?"

"아아! 이번에 신권대회로 한영수 도련님이 벌인 사업인가 봐."

"그럼 진짜네!"

순식간에 여론이 돌아왔다.

"죽마고우 한영수 도련님을 위해 이서하 선인님이 직접 청신에서 가지고 온 바로 그 영약! 청신신수! 이 청신신수를 단돈 50냥에 가져갈 수 있는 절호의 기회!"

미친놈.

50냥이면 보통 사람들에게는 석 달 생활비다.

그 돈을 주고 살 사람이 과연 있을까?

역시나 사람들이 머뭇거리자 정이준은 미소를 지었다.

"그러나! 앞으로 운성과 친밀한 관계를 유지하고 싶었던 우리 이서하 선인님께서 파격적인 가격을 제시! 오늘 사면 30냥에 드립니다!"

평범한 사람들의 한 달 생활비가 15냥에서 20냥 사이라는 걸 생각한다면 30냥도 미친 가격이라고 할 수 있었다.

그러나 처음 50냥이라는 가격을 들었던 사람들은 술렁거리기 시작했다.

"50냥이면 진짜 영약인가 본데?"

"지금만 30냥으로 판다는 거 아니야?"

"여보, 우리 애 하나만 사다 먹입시다. 혹시 압니까? 성무학관도 도전할 수 있을지."

저것이 상술이다.

처음부터 30냥을 말했으면 절대 싸게 보이지 않았을 것이다.

그러나 50냥을 먼저 외치고 오직 한정된 시간 동안만 30냥이라는 말에 구매 욕구가 치솟은 것이다.

'지금 안 사면 20냥을 손해 보는 느낌이니까.'

게다가 저 터무니없는 가격이 상품의 신뢰도를 올려 주었다.

'청신의 비밀이 한두 냥이면 그게 더 이상하니까.'

사람들이 살 수 있을 정도의 가격.

그러면서도 싸구려처럼 느껴지지 않는 적당한 가격을 제시한 것이다.

그렇게 모두가 고민하는 순간 정이준이 마지막 한 방을 날렸다.

"아직 신수가 많이 도착하지 않아 오늘은 단 300개만 판매합니다! 먼저 가져가는 사람이 임자. 당신, 그리고 당신, 오직 당신만이 청신의 비밀을 맛볼 수 있습니다!"

그 말에 한 남자가 번쩍 손을 들며 말했다.

"5병만 사지!"

그리고는 은자 세 개를 건넸고 정이준은 바로 외쳤다.

"295병 남았습니다!"

"여기, 여기도 5병!"

"나도 5병! 나 먼저 주시오!"

"네! 줄, 줄을 서십시오! 늦으면 국물도 없습니다!"

상혁이는 앞다투어 맹물을 사는 사람들을 바라보며 말했다.

"야, 우리 광명대가 언제부터 이런 범죄 조직이 된 거냐?"

"그러게나 말이다."

"이거 잡히면 문제 되지 않겠어?"

"문제 되겠지."

나는 작게 한숨을 내쉬었다.

"잡히지 않기를 빌자."

이번 과제가 끝나고 피해를 본 사람들에게는 내 사비로 보상해 주면 되겠지.

그렇게 생각할 때 한 남자가 인파를 뚫고 나오는 것이 보였다.

한태규였다.

"……이거 잘못하면 꼬이겠는데?"

아니, 이미 왕창 꼬인 느낌이었다.

그날 밤.

"크하하하하! 돈이다! 돈!"

300개의 맹물이 완판되기까지는 반 신진도 걸리지 않았다.

처음에는 긴가민가했던 한영수 또한 정이준이 들고 온 은

자에 취해 날뛰기 시작했다.

"우린 부자가 될 거다! 막내야!"

"존경합니다! 정이준 선배님."

"크하하하, 솜옷 그런 거 팔아서 뭐 얼마나 번다고. 이렇게
물만 팔아도 큰돈이 들어오는데. 막내야. 이 선배만 믿어라."

"충성!"

나와 상혁이는 멀리서 한영수와 정이준의 주접을 듣고 있
다가 말했다.

"그런데 사람들이 용케도 그걸 산다."

"살 수밖에 없게 만들었으니 말이죠. 기간 한정 가격 인하
와 한정된 물량. 사람들이 껌뻑 죽는 상술들입니다."

"그건 아는데, 그래도 30냥을 5병이나 사기는 힘들지 않나?"

"아, 처음에 산 3명은 연기자입니다. 제가 미리 고용했죠."

"……."

"한 3명 정도만 움직이면 너도나도 따라 하는 군중 심리가
생기더라고요. 그걸 이용한 거죠."

"너는 다 생각이 있구나?"

"그럼요."

저 정도로 사기에 진심일 줄이야.

괜히 나찰이 저 삼류 악당에게 당한 것이 아니다.

하지만 마지막에 보인 한태규가 걸린다.

"그러면 여기까지만 하자."

"네?"

"한태규가 왔었어. 그놈이 뭔가 손을 쓸 거야. 초기 자금 500냥에 이번에 번 돈까지 합해서 다른 걸 시작해 보자."

첫 15병이 연기자였다고 쳐도 8,550냥의 수입을 올린 것이다.

거기서 병에 들어간 비용을 빼도 최소 8,000냥은 벌었다.

이 정도라면 뭔가를 시작해도 시작할 수 있는 돈이 모인 셈이다.

"이제부터라도 이런 사기가 아니라 정직한 사업으로 승부를……."

그렇게 말할 때였다.

"싫은데?"

"싫은데요."

한영수와 정이준이 즉답했다.

"뭐?"

그러자 정이준이 이죽거리며 말했다.

"정직한 사업으로 한태규를 이길 수 있겠습니까? 아무리 대장님이어도 그건 불가능하죠. 한태규 그놈 벌써 겨울옷 시장을 완벽하게 장악했어요. 하루에 몇만 냥씩 벌고 있단 말입니다. 우리가 이기려면 이 길밖에 없어요."

"맞아, 맞아. 나도 우리 정 선배와 같은 생각이야."

"옳은 말이네. 한 후배. 우리 대장님이 싸움은 잘해도 이런 건 또 잘 몰라."

"사업은 정직하게 해서는 안 되는데 말이지."

"그렇지! 우리 한 후배가 운성 출신답게 뭘 좀 알고 있네. 사업은 전쟁이지. 그리고 이 전쟁은 내가 이끈다."

"충성! 정 선배만 믿습니다."

정이준 저놈 다른 부대로 보내 버릴까?

아니지, 아니지. 법도 뭣도 없는 진짜 전쟁에서는 저놈이 필요하다.

그렇게 생각할 때 정이준이 말했다.

"진짜 진지하게 제 사업에 들어오시는 거 어떻습니까? 직접 얼굴 보여 주시면 1,000개도 팔 수 있을걸요? 그리고 아린 선배가 나와서 아름다워지는 효과도 있다고 하면 1,000개가 뭡니까? 만 개도 팔아요."

"……그러니까 나랑 아린이도 네 사기에 동참해라?"

"이미 홍의까지 빌려주시지 않았습니까?"

"그거야 나중에 걸렸을 때 가짜라고 하면 되잖아. 직접 얼굴을 보여 주는 거랑은 다르지."

그랬다가는 완벽한 한통속이 되는 셈이니 말이다.

물론 지금도 한통속이긴 하지만.

"그러지 말고 들어오시죠. 우리 같이 청신신수로 나라를 세워 봅시다."

"나도 진지하게 말한다. 이제 그만하자."

한태규 무서워서 잠이나 자겠냐?

하지만 내 진지한 조언에도 정이준은 피식 웃으며 말했다.

"대장님. 지금 대장님 같은 사람을 보고 뭐라고 하는 줄 압니까?"

"뭐라고 하는데?"

"쫄보."

그 순간이었다.

"죽을래?"

순간 아린이의 살기에 주변 온도가 내려갔다.

생명의 위협을 느낀 정이준은 급하게 은자를 챙기며 말했다.

"아하하하! 그럼 저는 내일 팔 상품을 만들어야 하니 일찍 들어가 보겠습니다. 바쁘다! 바빠!"

그렇게 정이준이 사라지고 상혁이가 말했다.

"저대로 놔둘 거냐?"

"일단은."

인생 뭐든 경험 아니겠는가?

다음 날.

청신신수(靑申神水)는 여전히 불티나게 팔렸다. 설탕을 약간 넣은 이 물을 마시고 실제로 정신이 맑아졌다나 뭐라나.

그렇게 입소문이 퍼진 것이었다.

그리고 맹물을 반쯤 팔았을 때.

정이준의 양 손목에 수갑이 채워졌다.

"죄인을 사기 현행범으로 체포한다."

"이럴 수가!"

한태규가 나타난 것이었다.

그 순간 박민주와 주지율이 양측으로 도망치기 시작했다.

"잡아!"

내가 저럴 줄 알았다.

그만두자니까 꼭 한 번을 더 해서.

그렇게 정이준이 잡혀가자 당황한 한영수가 말을 더듬기 시작했다.

"크, 크, 큰일 난 거 아니야?"

"별일 아니야. 번 돈을 전부 반납하면 곤장 50대로 끝이니까."

정이준은 나에게 도와 달라는 듯 눈빛을 보냈지만 난 묵묵히 고개를 끄덕여 줄 뿐이었다.

그냥 맞고 와라.

난 쫄보라 도와주지 못하겠다.

절대 뒤끝이 남은 건 아니다.

절대로.

'그래도 이준이만 잡혀가네.'

민주의 경공은 이제 우리 광명대 안에서도 제일가는 수준이었고 지율이 또한 절대 평범한 무사에게 잡힐 수준은 아니었으니 금방 돌아오겠지.

그때 아린이와 상혁이가 내 옆으로 오며 말했다.

"다시 원점이네."

"그러게."

"무슨 계획 있냐?"

"있으면 정이준이 저 삽질할 때 놔뒀겠냐?"

그때였다.

"저기 가운데 있는 사람이 이서하인가 봐?"

사람들이 우리 주변으로 모여들기 시작했다.

역시 나의 유명세란.

이런 큼직한 사건이 지나간 순간에도 단숨에 관심을 끌어
모으는 나 자신이 무섭다.

"우와…… 인간 맞아?"

"저 사람도 잘생겼다."

"……."

내가 아니라 아린이와 상혁이를 보고 있는 거였어?

잠깐, 내가 왜 이 두 사람 사이에 서 있는 거지?

이러면 오징어가 되어 버리잖아.

그렇게 생각하는 것도 잠시.

생각보다 사람들이 두 사람을 오랫동안 보고 있다는 점을
깨달았다.

"잠깐……."

순간 내 머릿속에 좋은 사업안이 스쳐 지나갔다.

나는 바로 아린이와 상혁이에게 어깨동무를 하며 말했다.

"너희 이런 말 들어 본 적 있냐?"

"뭐?"

"사업가에게 가장 큰 재산은 바로 사람이다."

나는 미소를 지었다.

합법적으로, 돈 한 푼 안 들이고 떼돈을 벌 방법이 생각났다.

"아야야."

한태규는 엉덩이를 쓰다듬으면서 나가는 정이준을 바라보며 허탈하게 웃었다.

'청신의 기린아라더니.'

무슨 짓을 벌이나 했더니 고작 한다는 것이 약장수 짓이라니. 그것도 자신은 뒤로 싹 빠지고 부하만 이용해서 말이다.

어떻게든 이서하를 엮기 위해 홍의를 들먹였으나 정이준은 자신이 훔친 것이라며 잡아뗐다.

당연히 피해자인 이서하는 처벌하지 않겠다고 말했고 그렇게 이서하와의 접점은 사라졌다.

한태규는 동료를 버리는 것이냐며 도발했으나 이서하는 표정 하나 바꾸지 않고 말했다.

"어차피 곤장 50대만 맞으면 되는 건데 버리다뇨?"

무사들은 차라리 강도질하면 강도질을 했지 사기같이 격 떨어지는 짓은 하지는 않았다.

그렇기에 사기죄는 오직 민간인을 처벌할 목적으로 만들 어졌다.

무공을 모르는 민간인에게 곤장 50대는 피부가 벗겨지고 뼈가 드러날 정도로 중한 처벌이었으나 무사에게는 한없이 가벼운 처벌이다.

저렇게 엉덩이를 쓰다듬으며 걸어 나갈 수 있을 정도로.

한태규가 아쉬워하자 지영학이 다가와 말했다.

"그냥 죽여 버리지 왜 살려 두나?"

"법치는 그럴 수 없습니다."

"법치? 저게 벌이라고 할 수 있나? 저건 애들 맴매 맞는 수 준인데."

"누가 저런 병신 같은 짓을 할 줄 알았습니까? 됐습니다. 그래도 돈을 다 반납했으니 저들이 할 수 있는 건 없겠죠."

이제 한영수에게 남은 돈은 500냥도 되지 않는다.

아무리 맹물을 팔았다고 해도 용기로 쓴 병은 어디서 샀을 테니까.

기껏해야 300냥 정도 남았을까?

'고작 그 돈으로 할 수 있는 건 없다.'

약장수 전략은 참신했으나 반대로 말하면 불법적 방법을 동원해야 할 정도로 수가 없었다는 말이 된다.

"아무래도 소문은 과장이었나 보네요."

홍의를 펄럭이며 올 때는 좋았겠지.

신유민 저하를 등에 업고 온갖 혜택을 누리며 살아왔을 테니 여기 운성에서도 그럴 수 있으리라 생각했을 것이다.

그러나 운성은 한백사가 곧 왕인 땅이었다.

그리고 이곳에서 왕의 오른팔은 이서하가 아닌 한태규였다.

"자, 그럼 우리 할 일을 하러 가 봅시다."

이미 승부는 끝났다.

한태규는 그렇게 생각했다.

그렇게 보름이 지나갔다.

신권대회 첫 과제의 결과 발표를 앞두고 엄청난 수의 사람들이 모여들었다.

차기 운성의 가주를 뽑는 자리였기에 운성과 조금이라도 관련이 있는 사람들은 전부 모인 것이었다.

한태규는 긴장한 얼굴로 서 있는 한영수에게 다가갔다.

"과제는 잘했나?"

한영수는 입을 꾹 다물고 한태규를 바라봤다.

사기 사건 이후 한영수와 이서하는 특별한 움직임을 보이지 않았다.

용병단을 만들어 임무를 받긴 했으나 암부처럼 불법적인 일은 할 수 없으니 큰돈을 벌 수는 없을 것이다.

'끽해 봤자 호위 임무 정도일 텐데.'

이 안전한 운성에서 군이 비싼 돈을 주고 홍의선인을 고용하겠는가?

그래 봤자 다른 무사들과 별다르지 않게 받았겠지.

"네, 뭐. 잘했습니다."

한영수의 반응에 한태규는 피식 웃으며 말했다.

"그래, 첫 번째 과제일 뿐이다. 너무 실망하지 말고 다음 과제부터 잘하면 되겠지."

"……."

한영수가 침묵으로 일관할 때였다.

"오랜만입니다. 한태규 지부장님."

이서하가 홍의를 펄럭이며 걸어왔고 그 뒤에는 삿갓을 쓴 여자가 함께였다.

"축하합니다. 훌륭하게 사업을 성공시키셨더군요. 운성에서 지부장님의 옷이 없으면 간첩이라고 할 정도로 말이죠."

이서하는 홍의 안을 보여 주며 말했다.

"그래서 저도 하나 샀습니다."

"하하하, 경쟁자의 상품도 사 주시고. 대단하시네요."

"그럼요. 서로 돕고 도우면서 살아야죠."

돕고 도우면서 살아?

이서하의 말에 살짝 인상을 찌푸린 한태규는 어깨를 으쓱했다.

"저는 도운 게 없는데. 뭘 팔지 않으셨으니까요."

"하하하, 그렇습니까? 모르시나 보네. 많이 도와주셨는데."

뭐지? 허세인가?

그게 아니라면…….

'뭔가 일을 벌이긴 했군.'

하지만 불안해할 필요는 없다.

300냥으로 할 수 있는 일은 없을 테니까.

한태규는 미소와 함께 말했다.

"그럼 좋은 결과 있으시길 바랍니다."

이윽고 모든 참가자가 자리를 잡자 한백사가 등장했다.

"모두 보름간 수고했다. 시작하고 며칠 사이에 불미스러운 일이 있었지만……."

한백사는 한영수와 광명대를 저격하듯 말했다.

하지만 이서하는 모르는 척 표정 변화 없이 고개를 끄덕일 뿐이었다.

'뻔뻔한 자식.'

그렇게 한백사의 훈화가 끝나고 감독감이 앞으로 나왔다.

"자, 그럼 지금부터 너희들이 제출한 장부를 토대로 순위와 수익금을 발표하겠다."

이윽고 감독관이 말을 이어 갔다.

"발표는 낮은 순위부터다. 최하위를 기록한 참가자는……."

한태규가 슬쩍 시선을 한영수에게 돌리는 순간 감독관의

호명이 이어졌다.

"한준희다. 수익금은 1만 3,200냥이다."

한영수가 아니다.

꼴등으로 불린 참가자는 고개를 숙이며 한숨을 내쉬었다.

'1만 냥이 넘는데 꼴등이라고?'

그렇다면 한영수는 1만 냥을 넘겼다는 것인가?

'뭐, 그럴 수 있지.'

광명대의 무사들이 다 흩어져서 용병 임무를 뛰면 못 벌 돈도 아니다.

저잣거리에서는 이서하는 물론 광명대원들 전부 100년에 한 번 나올까 말까 한 천재로 미화되고 있었으니 말이다.

그러나 점점 순위가 발표될 때마다 한태규는 조급해지기 시작했다.

한영수의 이름이 불리지 않았기 때문이다.

이윽고 3위의 이름과 수익금이 불리고 남은 것은 한태규와 한영수뿐이었다.

'이게 말이 돼?'

긴장감이 턱 끝까지 차오른다.

어떻게 돈을 번 거지?

자본은 고작 300냥 언저리.

게다가 시간은 2주밖에 없었다.

이서하의 권력이 통하는 곳도 아니었고, 한영수에게 숨겨

둔 비자금이 있던 것도 아니었으며, 뭔가 대단한 사업을 벌인 것도 아니었다.

그런데 어떻게?

"둘만 남았으니 명예로운 1등을 발표하도록 하겠다."

사방에서 북소리가 울려 퍼지며 긴장감을 고조시켰다.

'설마 1등?'

한영수가 1등인가? 그럴 리가 없다.

한태규가 벌어들인 돈은 약 11만 냥.

이는 몇 달 전부터 시험 과제를 알고 준비했기에 가능했던 액수다.

그렇지 않았다면 물량을 확보할 수도 없었을 테니 말이다.

실제로 3등이 벌어들인 돈은 3만 냥 정도.

2등도 별반 다르지는 않을 것이다.

하지만 이렇게 불안한 이유는 뭘까?

그렇게 손에 땀을 쥐는 순간이었다.

"1등은 한태규. 11만 5,750냥이다. 축하한다."

한태규는 자신의 이름이 불린 그 순간 작게 한숨을 내쉬었다.

'이겼다.'

그렇게 안도도 잠시.

'그런데 한영수가 2등이라고?'

어떻게 2등일 수가 있지?

"2등은 한영수. 4만 2천 냥을 벌어들였다."

4만 2천 냥.

그 말에 모든 사람들이 한영수를 바라보며 놀라워했다.

"4만? 한영수 도련님은 자본이 없지 않았어?"

"그러니까. 어떤 일을 벌였길래 저만큼을 벌어? 그것도 2주 만에."

"와, 진짜 무에서 유를 창조했구먼."

"그러게 말이야. 한태규 지부장은 억수로 많은 돈을 들였다던데?"

"준비도 미리 했겠지. 아니면 그 물량을 어떻게 확보했겠나?"

구경하는 상인들은 한영수가 해낸 일이 얼마나 대단한지를 전부 알고 있었다.

선인의 청력으로 이들의 수군거림을 들은 한태규는 이를 악물었다.

'이건 내가 진 거다.'

1위를 했으니 점수는 가장 많이 받겠지. 하지만 그 어떤 상인들도 한태규가 이겼다고 인정해 주지 않을 것이었다.

'인정할 수 없어.'

고작 자본 300냥으로 2주 만에 4만 냥을 만든다?

장사의 신이 와도 그건 불가능하다.

'또 뭔가 사기를 쳤을 거다.'

도대체 어떤 사기를 쳤을까?

그렇게 고민하던 한태규의 머릿속에서 한 단어가 지나갔다.

장부(帳簿).

'그래, 장부를 조작하면…….'

이번 시험의 결과는 감독관들이 참가자가 낸 장부를 검토한 뒤 발표하는 형식이었다.

즉, 장부를 교묘하게 짜깁기해 결과를 조작할 수 있다는 것이다.

물론 감독관들의 눈을 속일 만큼 정교하게 조작해야 하지만 이서하라면 가능하지 않을까?

'병참의 이정문이 이서하와 친하다.'

병참의 이정문.

수도에서 살던 한태규는 그녀의 능력을 알고 있었다.

'발 빠른 자를 보내 이정문에게 장부 조작을 맡겼다면…….'

그녀라면 운성의 감독관들을 속일 수 있을 것이다.

신권대회의 특성상 몇 날 며칠을 검토한 것은 아니니 말이다.

한태규는 회심의 미소를 지으며 손을 들었다.

"이의 있습니다."

한태규의 이의 신청에 모두가 그를 바라봤다.

"한영수 참가자의 장부를 확인해 보고 싶습니다. 고작 기초 자금만으로 4만 냥을 만들었다는 게 믿기지 않네요."

그리고는 미소와 함께 한영수에게 고개를 돌렸다.

"괜찮겠……."

그 순간.

이서하가 미소를 지었다.

그럴 줄 알았다는 듯한 조소.

이윽고 한영수가 기다렸다는 듯이 말했다.

"저, 저도 이의를 신청합니다. 아무리 그래도 11만 냥은 믿을 수가 없네요."

그 순간 한태규는 직감했다.

뭔가 잘못되어 가고 있다고.

◆ ◈ ◆

한태규가 이의를 제기할 줄은 알고 있었다.

나라도 갑자기 보름 만에 4만 냥을 벌었다고 하면 믿을 수 없을 것이다.

"진짜 네 말대로 이의 제기를 하네."

"그럴 거라고 했잖아."

한태규처럼 뛰어난 사람에게는 공통점이 있다.

자신이 할 수 없는 일은 남도 할 수 없다고 생각하는 점이다.

하지만 세상은 넓고 천재들은 많다.

바로 나처럼.

아니, 우리 상혁이와 아린이처럼 말이다.

"그나저나 정말로 이게 돈이 엄청 벌리는구나."

한영수는 생각에 잠겼다.

내 사업의 시작은 보름 전으로 돌아간다.

보름 전.

나는 우리 광명대 식구를 불러 모아 말했다.

"지금부터 나는 연예(演藝) 사업을 시작하려고 한다."

"……."

눈 바닥에 앉아 엉덩이를 식히고 있던 정이준이 손을 들며 말했다.

"그게 뭡니까?"

"쉽게 말하면 음악과 예술로 사람들에게 행복을 주는 사업이지."

"그럼 홍……."

홍이라는 말을 듣자마자 난 정이준의 엉덩이를 걷어찼다.

"꾸에엑! 살 벗겨져서 아프다고요!"

"그럼 입 다물고 듣고 있어."

정이준의 입을 다물게 한 나는 설명을 이어 갔다.

"난 이 나라에 오페라를 만들 생각이다."

내 말에 한영수가 정이준에게 물었다.

"오페라? 그게 뭐야?"

"모르겠습니다."

모르는 것이 당연하지.

저 멀리 갈리아 제국에나 있는 것이니까.

나쁘게 말하면 저잣거리 공연과 다를 것이 없다.

하지만 갈리아 제국의 오페라 배우들은 거대한 극장에서 연극을 하며 부와 명예를 동시에 손에 쥐었다.

'귀족들도 한번 만나 보고 싶어서 안달이 날 정도였지.'

하지만 오페라의 배우는 아무나 되는 것이 아니다.

뛰어난 외모와 가창력이 뒷받침되어야 하는 법.

얼굴 천재.

이 세상 천재들 중 가장 부러운 천재가 둘이나 있지 않은가.

보는 사람 모두가 사랑에 빠질 수밖에 없는 왕국 최고의 미녀인 유아린.

그리고 성무학관 여성들이 모두 한 번씩은 찔러볼 만큼 잘생긴 한상혁까지.

잠깐, 그럼 상혁이는 얼굴도 천재, 무공도 천재인 건가?

나가 죽어라. 한상혁.

"크흠!"

갑자기 잡념이 들어왔었다.

나는 평정심을 되찾고 말했다.

"난 아린이와 상혁이를 왕국 최초의 오페라에 데뷔시킬 생각이다!"

"야, 한상혁. 데뷔가 뭐냐?"

"나도 몰라."

"네가 하는 건데 모르면 어떡하냐?"

"그러니까 말이다. 저놈 가끔 보면 정신 나간 놈 같다니까."

"거기 조용!"

나는 한가(家) 놈들을 조용히 시킨 뒤 말했다.

"자, 돈 쓸어 담으러 가자."

오페라.

갈리아 제국에서 용병으로 살면서 돈을 모았던 나는 단 한 번 오페라를 구경할 기회를 얻었다.

몇 가지 유명한 이야기를 연극으로 하는 것이었는데 화려한 음악과 의상, 그리고 배우들의 엄청난 가창력이 어우러진 연극은 저잣거리의 풍물놀이와는 차원이 달랐다.

그리고 난 그걸 여기서 재현할 생각이다.

'필요한 건 오직 얼굴이니까!'

그렇게 생각했다.

"오. 나. 의. 주. 연. 이. 나도. 그대를. 따라가겠소."

상혁이의 발연기가 강타했다.

가슴에 단검을 찌르는 상혁이.

"커흑."

정말 가관이다.

"아니! 조금 더 감정을 담으라고. 정말로 애인이 독약을 먹고 죽은 것처럼 말이야."

그게 그렇게 안 되나?

"아니, 이게 뭔데? 뭔 이상한 이야기를 적어 와서 시키는 거야?"

"이상하다니! 그게 얼마나 위대한 이야기인데. 서로 이어질 수 없는 가문의 사랑. 그리고 비극. 난 눈물이 다 났다니까!"

"네가 썼다며. 어디서 보고 온 것처럼 말한다?"

"……내가 썼지. 내가 썼어."

사실은 갈리아 제국에서 인기 있던 연극을 베낀 것이지만 말이다.

그러자 정이준이 옆으로 다가오며 말했다.

"이거 안 되겠는데요."

"왜?"

"상혁 선배도 그렇지만 아린 선배도 연기가 영……."

"그건 괜찮아."

예쁘니까.

어차피 다들 나처럼 아린이 외모에 흘려 멍하니 바라볼 것이다.

"너무 생소해요. 이런 건 이 나라에서 안 먹힙니다."

"네가 제대로 된 오페라를 못 봐서 그래."

"이건 제대로 된 게 아니지 않습니까?"

"……."

"그래서 말인데. 우리 잘하는 거 합시다. 요는 예쁘고 잘생긴 사람들이 공연한다. 이거잖아요."

"그렇지."

"그럼 비무를 해야죠."

비무.

"오페라라고 했죠? 대충 개념은 알겠어요. 그걸 우리 왕국
식으로 좀 바꿉시다."

발상의 전환.

하긴, 지금 이대로라면 돈을 벌기는커녕 돈을 주고 무대에
서야 할 수준이니 말이다.

"한번 들어나 보자."

그렇게 나는 정이준과 머리를 맞대고 생각에 잠겼다.

그날 밤.

운성의 한 상단주의 저택에서는 관리들을 위한 연회가 진
행 중이었다.

"하하하, 올해도 잘 부탁드리겠습니다."

상단주 김일곤은 관리들의 잔이 비워질까 여기저기 기웃
거리며 비위를 맞추고 돌아다녔다.

그렇게 한참을 굽신거리며 다닌 그는 허리를 한 번 펴기 위
해 밖으로 나왔다.

"하아, 이 짓거리를 3개월에 한 번은 하는 거 같다."

"어쩌겠습니까? 저놈들한테 잘 보여야 계약을 따고, 계약을 따야 밥 빌어먹고 사는데."

도방(都房)과 대화를 나누던 김일곤은 혀를 차며 말했다.

"다들 똑같이 할 텐데 이게 뭔 소용이겠냐? 안 하면 뒤처지고 해도 이득은 못 보고."

"그래서 제가 특별한 걸 하나 준비했습니다."

"특별한 거?"

"은악상단 지부장이 추천하더군요. 공연하는 놈들인데 실력이 엄청나다고."

"호오, 그런가?"

김일곤은 고개를 끄덕였다.

어차피 사업도 잘 안 되는 마당에 밀져야 본전 아니겠는가?

"언제 오는데?"

"오늘 바로 수배했으니 곧 올 겁니다. 이놈들이 남부에서는 공연 한 번에 수천 냥을 받던 놈들인데 제 인맥으로 500냥에 데리고 왔습니다."

"500냥? 그것도 비싼데."

"은악상단에서 공연이 마음에 들지 않으면 자기들이 배상해 주겠다고 호언장담하더라니까요. 변승원 도방 아시죠? 그 돈에 미친놈. 그놈이 그럴 정도면 믿을 만할 겁니다."

그때였다.

"공연단을 모시고 왔습니다."

"그래, 얼른 무대로 데리고 들어가라."

김일곤은 그렇게 말하며 삿갓을 쓴 공연단을 바라봤다.

이윽고 무대 준비가 끝나고 김일곤은 두근거리는 마음으로 관리들을 모았다.

"에이, 뭔데 그러나? 그냥 여자들이나 더 불러 주지."

"하하하, 대감. 이 공연이 남부에서 수천 냥이나 하는 엄청난 공연이라고 하지 뭡니까? 때마침 이번 신년을 맞이해 운성으로 특별히 왔다고 하여 대감을 위해 특별히, 몹시 어렵게 구한 공연입니다. 부디 기쁜 마음으로 즐겨 주시길 바랍니다."

말에 말을 보태는 김일곤이었다.

"그렇게까지 말한다면야. 우리 김 대방 마음이니 한번 보도록 하지."

이윽고 가면을 쓴 남자가 앞으로 나오고 북소리가 울려 퍼졌다.

"먼 옛날 서로를 아껴 마지않는 남녀 한 쌍이 있으니!"

판소리.

그것도 그렇게 수준 높은 것이 아니었다.

김일곤은 침을 삼켰다.

'명창들의 공연을 수도 없이 보는 사람들 앞에서 이게 무슨!'

이런 수준으로 남부에서 제일가는 공연단이라고 할 수 있을까?

하지만 이미 엎질러진 물. 여기서 공연을 멈출 수는 없었다.

"처음 듣는 판소리군요."

"하하하, 남부에서 유행하는 것이라고……."

"목소리도 별로고 이거 정말 유명한 놈들 맞습니까?"

"물론이죠. 아직 중요한 게 남아 있습니다."

뭐라도 있어라.

제발.

그렇게 김일곤이 기도할 때였다.

"……그러나 불구대천의 원수 집안에서 태어난 두 남녀는 결국 전쟁터에서 만나는데!"

두둥! 하는 북소리와 함께 양쪽에서 두 남녀가 걸어 나와 가면을 집어 던졌다.

진한 화장을 한 여자와 남자.

그리고 두 사람을 본 김일곤의 눈이 동그랗게 떠졌다.

남자의 수려한 외모도 외모지만 여자의 외모는 50 평생 본 적 없는 천상의 미(美)를 가지고 있었다.

"그래도 전장에서나마 그대를 만나 다행이옵니다."

"……."

이윽고 여자가 자세를 잡고 남자 또한 쌍검을 빼 들었다.

"자, 부디 그대의 검으로 소녀를 죽여 주시옵소서."

이윽고 두 사람이 맞춘 비무가 시작되었고 모든 관리와 상인들이 숨을 죽이고 바라봤다.

빠르고, 화려하게.

그러면서 숨을 멎게 할 만큼 박력이 있다.

무엇보다 여자의 외모에 홀려 버린 남자들은 숨을 쉬는 것조차 잃어버리고 비무를 구경했다.

그렇게 처절한 전투가 끝난 후 남자의 패배가 확정된 순간 여자가 말했다.

"그대 덕분에 좋은 꿈을 꾸었습니다."

그리고는 검을 버리고 단검을 빼 들어 자신의 가슴을 찌른다.

"아, 안 돼!"

마치 벚꽃 잎이 흩날리는 것처럼 아름답게 쓰러지는 여자.

그렇게 남자가 여자를 받아 드는 것으로 막이 끝나고 무대에 천막이 드리워졌다.

"……."

김일곤은 진심으로 일어나 손뼉을 치기 시작했다.

판소리가 허접하면 어떤가?

두 사람의 비무는 그 어디에서도 볼 수 없는 최고의 무대라고 할 수 있었다.

그리고 그 순간 대감이 말했다.

"……과연 남부 최고라 할 만하다!"

흥분해 일어난 대감이 말했다.

"김 대방. 저들은 누군가?"

"제가 말하지 않았습니까? 남부 최고의 공연단이라고. 하하하. 정말 힘들게 수소문해 특별히 대감을 위해 준비했습니다."

"이런 좋은 구경을 시켜 주다니. 김 대방, 내 이 은혜는 반드시 기억하겠네."

김일곤은 미소를 지었다.

'됐다.'

공연단을 섭외한 것이 바로 신의 한 수였다.

◆ ◈ ◆

반응이 좋다.

상혁이의 대사를 최대한 줄이고 한마디만 연습시킨 것도 정답이었다.

온종일 연습한 결과 '안 돼!' 정도는 말할 수 있게 되었으니 말이다.

상단주와 그의 옆에 있는 노인의 감격한 얼굴을 확인한 나는 안도의 한숨을 내쉬었다.

'비무로 한 게 정답이었네.'

상혁이와 아린이는 지금까지 수백 번 합을 맞춰 왔다. 비무의 완성도만큼은 그 어떤 극단들보다 위라고 볼 수 있다.

'저만한 고수가 이런 공연을 할 리가 없으니까.'

게다가 마약이라고 할 수 있을 정도로 시선을 끄는 아린이의 미모.

그 상대역으로 빛을 잃지 않는 상혁이까지.

만족스러운 결과에 고개를 끄덕이고 있자 정이준이 걸어오며 말했다.

"역시 남부 최고의 극단입니다. 하하하."

"남부에서는 공연한 적도 없지만 말이지."

나와 정이준이 웃고 있자 무대를 마치고 돌아온 아린이와 상혁이가 말했다.

"진짜 우리 못 알아보네."

"그렇다니까."

남부 출신이라는 사전 정보, 거기에 짙은 화장, 그리고 상반된 의상과 이미지까지 겹치면 쉽게 알아볼 수 없다.

만약 누군가 '어? 그 사람과 닮았네?'라고 해도 부인하면 그만일 뿐.

남부 출신이라면서 말이다.

'내가 공연단을 운영하는 걸 알면 분명 방해가 들어올 테니까.'

한백사도, 한태규도 모르게 진행해야만 한다.

이윽고 얼마 지나지 않아 상단주와 그가 알랑방귀를 꿰던 노인이 다가왔다.

"훌륭한 공연이었네. 나도 이런 쪽으로는 조예가 깊다고 생각했는데 이런 훌륭한 공연단을 모르고 있었을 줄이야. 반성해야겠어. 하하하."

너스레를 떤 상단주는 옆의 노인을 소개했다.

"이분은 여기 운성에서 요직을 맡고 계신 이수겸 대감이시네."

"처음 뵙겠습니다. 대감 어른."

나는 삿갓으로 얼굴을 가리며 말했다.

"공연단의 단장 이동하라고 합니다."

천우진에게 써먹었던 가명을 또 써먹게 될 줄은 몰랐다.

그러자 노인네가 아린이를 힐끗 보고는 말했다.

"무척이나 훌륭한 공연이었네. 그런데 이쪽 여인은 도대체 누구인가?"

"제 여동생입니다."

"여동생? 호오. 언제 한번 같이 술이나 한잔하고 싶은데. 물론 자네 공연단 전부 말일세."

이렇게 될 줄 알았다.

사람들은 예쁜 것을 계속 보고 싶어 하는 성향을 띤다. 한 번 아린이를 보면, 그것도 비무를 하며 비극적으로 죽는 역할의 아린이를 보면 다시 보고 싶어지는 것이 인지상정이겠지.

"죄송합니다. 저희는 결코 사적인 자리에 나가지 않습니다. 만약 저희를 또 보고 싶으시다면 초청해 주시면 됩니다."

"밥 한 끼 먹는 게 그렇게 어렵나?"

"저희는 공연하는 사람이지 접대를 하는 사람이 아닙니다."

"어허, 이수겸 대감께서 친히 요청하시지 않느냐?"

김일곤이 한마디 했으나 이수겸은 그를 말렸다.

"하하하, 그래. 그 정도 실력이 있으면 그런 자부심도 있어야지. 그럼 또 볼 수 있길 바라겠네."

"이해해 주셔서 감사합니다."

나는 미련 없이 돌아섰다.

그러자 한영수가 다가오며 말했다.

"야야야, 이수겸 저 인간 운성에서도 다섯 손가락 안에 드는 노인이야. 무시하면 어떡해?"

"원래 가진 쪽에서 무시하는 거야."

상대가 누구든 갑은 바로 나다.

"기다려 봐라. 이제 우리 몸값이 천정부지로 오를 테니까."

그리고 나의 예상은 맞아떨어졌다.

그다음 날부터 상인들 사이에는 이수겸 대감이 사랑하는 공연단에 대한 소문이 돌기 시작했다.

그 노인네 어쩌나 대놓고 요구했는지 모든 상단이 우리를 섭외하고 싶어 안달이 났다.

아마 꿈에도 아린이와 상혁이의 비무가 나왔겠지.

그 노인네가 그토록 난리를 치니 이수겸과 친한 관리들까지 공연을 보고 싶어 해 경매가 붙을 지경이었다.

덕분에 500냥이었던 섭외비는 둘째 날 바로 1,000냥으로 올라갔고, 셋째 날에는 1,500냥, 그리고 넷째 날에는 3,000냥까지 올라갔다.

대망의 마지막 날에는 공연 한 번에 1만 냥까지 올라가며 공연단은 대성공.

총 4만 냥 이상을 벌어들인 것이었다.

그렇게 추가 결과 발표일.

많은 상인이 검토 결과를 듣기 위해 모였다.

1등과 2등의 순위가 바뀔 수 있는 순간이었으니 모두가 관심을 가질 수밖에.

이윽고 한태규가 의기양양하게 나타나 감독관과 한백사의 앞에서 말했다.

"장부를 확인해 보니 공연단을 고용해 손님에게 알선해 주는 사업을 한 듯싶습니다. 허나!"

한태규는 조소와 함께 말했다.

"이들에게 공연 수수료를 안 주고 계산했더군요. 최소 5할은 줘야 하는 거 아닙니까?"

교차 확인을 했다면 내 돈의 출처를 알 수밖에 없다. 내 손님들은 전부 상인들이었으니 말이다. 그리고 그중에는 한태규와 좋은 관계를 맺고 있는 상인들도 많았다.

근데 저 녀석.

우리가 바로 그 공연단인 건 아직도 모르는 모양이다.

모른다면 알려 줘야지.

"수수료요? 그런 건 줄 필요가 없죠."

"그런 건 줄 필요가 없다? 그게 무슨……."

"우리가 그 공연단이니까."

아린이가 삿갓을 벗는 그 순간 상인들의 눈이 돌아갔다.

그래, 너희가 찾는 선녀님이 여기 있다.

한태규는 놀란 듯 나를 바라봤다.

그래, 우리가 그 공연을 하고 다닐 거라고는 생각할 수 없었겠지. 무사 자존심에 남들 앞에서 재롱을 떨 리는 없으니 말이다.

하지만 나는 다르다.

그따위 하찮은 자존심은 회귀 전 무사가 되지 못하고 아버지의 죽음을 본 순간 다 버렸단 말이지.

"그럼 이제 이의 없죠?"

"……."

이제 내 차례다.

"저도 검토를 해 보았습니다. 총수입 약 26만 냥, 투자금 약 15만 냥. 그렇게 해서 약 11만 냥의 수익을 내셨네요."

"……."

"대략 7할 정도의 수익을 내셨네요. 우리는 80배 정도 만들었는데. 이렇게 보면 애초에 자본금에 차이가 있으니 평가 기준을 수익금이 아니라 수익률로 삼아야 하는 거 아닐까 싶군요."

내 말에 상인들이 수군거렸다.

그러나 한태규가 한숨을 쉬며 말했다.

"과제 평가 기준은 다 같이 들었으면서 이제 와서 바꾸자는 겁니까?"

"아뇨, 아뇨. 그냥 개인적으로 그렇다고요. 그런데 말입니다."

나는 한태규의 장부를 흔들며 말했다.

"준비를 너무 일찍 하신 거 아닙니까? 대회 3달 전부터 물건을 만들었더군요. 이건 과제를 미리 알고 있어야 가능한 일 아닙니까? 자본금이야 참가자의 능력이니 뭐라 할 수 없으나, 사전에 과제 내용을 아는 건 선을 넘었다고 생각하는데. 아닙니까?"

나는 상인들이 수군거리는 것을 들으며 말했다.

"해명을 부탁드려도 되겠습니까, 지부장님?"

한태규가 당황한 얼굴로 나를 바라볼 때였다.

"운이 좋았던 거지."

한백사가 나섰다.

"사업은 운이다. 한 지부장은 운이 좋았을 뿐. 과제 내용이 유출되었다 주장하는 건 심한 억측이다. 그게 사실이라는 증좌는 있는가?"

"……인정하죠."

깔끔하게 인정.

내 목표는 이미 다 이루었으니 말이다.

"장부에 이상한 점은 없었습니다. 1등 축하합니다. 한태규 지부장님."

결과는 변하지 않았으나 많은 것이 뒤바뀌었다.

"투자를 생각보다 많이 했네."

"그게 문제가 아니지. 정확히 이번 과제를 알고 행한 거 같지 않나?"

"하긴, 그런 의혹이야 시작부터 있었지."

"의혹이 아니라 확실하지. 그게 아니면 갑자기 의류 사업을? 그것도 운성에서? 우연도 이 정도면 심했지."

신권대회는 가주로서 인정을 받기 위한 자리.

한백사의 인정도 중요하지만 그만큼 중요한 것이 운성 관계자들의 인정이다.

그리고 여론전은 모두 내가 승리했다.

난 한영수와 어깨동무를 하며 말했다.

"가자."

한태규, 그리고 한백사가 가지고 있는 것을 하나씩 뺏으러.

Chapter 83.

 결과 발표 이후, 한태규는 한백사를 만나 첫 번째 과제에 관해 대화를 나누었다.

 한백사는 조소와 함께 말했다.

 "영수가 그렇게까지 할 줄은 몰랐군. 네 방해 공작도 상당히 많았을 텐데 말이야."

 "방해 공작이라니요. 그저 약팔이하는 걸 잡았을 뿐입니다."

 "사람을 심어 놓았으니 그리 빨리 대응할 수 있었던 것 아니냐. 허나 결과적으로 안 하느니만 못한 행동이었다."

 "무슨 말씀이신지?"

"나라면 약을 팔게 내버려 두다가 마지막에 쳤을 텐데. 그걸 바로 치더구나."

"……이서하가 뭔가 준비를 하기 전에 현장에서 잡을 생각이었습니다. 대처할 수 없도록 말이죠."

"허점을 찾아 확실하게 숨통을 끊을 생각을 해야지. 너도 아직 멀었구나."

한백사의 말에 한태규는 한숨을 내쉬었다.

급했던 것은 사실이다.

그만큼 이서하의 능력은 온 왕국에 소문이 파다했으니 그가 무엇을 하든 과민하게 반응할 수밖에 없었다.

"수익률로 따지면 확실히 영수 쪽이 승리한 게 맞겠구나. 수익률이 아니라 수익금으로 순위를 결정짓는 규칙이라 다행인 셈이지."

"그런 광대 노릇으로 번 것을 인정해 주시는 겁니까?"

한태규는 이마에 핏줄을 세우며 말했다.

"그딴 건 사업이라고도 할 수 없습니다. 생산성도 없고 하늘의 선택을 받아야 할 수 있는 것이지요. 유아린이라는 그 여자만 없었다면 시작도 못 했을 사업 아닙니까?"

"유아린은 영수가 데려온 아이가 아니더냐?"

"이서하의 대원이죠."

"그 이서하를 영수가 데리고 왔지. 그것도 그 녀석의 능력이다. 네가 나를 등에 업고 미리 준비한 것처럼 말이야."

"그렇다 하더라도 미(美)를 팔아 돈을 버는 건 가장 천박한 일입니다. 인정할 수 없습니다."

"하하하, 운성 출신이라는 놈이 그런 말을 하느냐?"

한백사는 어린아이를 대하듯 웃으며 말했다.

"돈은 천박한 것도, 고귀한 것도 없다. 은자는 그냥 은자일 뿐이야."

"……."

"태규야, 넌 함정에 당한 거다. 장부를 확인하자고 한 그 순간부터 말이야. 그냥 넘어갔다면 너와 영수가 그렇게까지 비교될 일은 없었는데 말이지."

"죄송합니다."

"책망할 생각은 없다. 실수야 반복하지만 않으면 그만이지. 두 번 실수는 지능 문제라고 생각한다."

한백사는 머리를 가리키며 말했다.

"똑바로 하거라. 대용품은 또 있으니."

"……."

한태규는 고개를 숙이고는 자리에서 일어났다.

"명심하겠습니다."

"그래, 가 보거라. 할 일이 많을 테니."

한태규는 허리를 숙여 인사하고는 밖으로 나와 한숨을 내쉬었다.

"씨발."

조금 더 악랄해져야 할 것만 같다.

◆ ◇ ◆

"공연단 기획한 거 있잖아. 그게 한영수 도련님 작품이래."

"대본도 한영수 도련님이 썼다더군."

"그래?"

"비무도 한영수 도련님이 만들어 두 사람을 연습시킨 거라
는 거지."

저잣거리에 모든 것이 한영수의 작전이었다는 헛소문을
퍼트렸다.

우리 순진한 운성의 사람들은 내가 퍼트린 소문을 그대로
믿고 말을 전달했다.

그래도 운성 가문인 한영수가 활약했다는 쪽을 더 믿고 싶
을 테니 말이다.

덕분에 한영수에 대한 평가는 조금 올라갔다.

그렇게 두 번째 과제를 받으려 한백사의 저택으로 향하는 길.

수많은 상인이 한영수에게 말을 걸어왔다.

"하하하, 도련님. 딱 한 번만 더 공연해 줄 수 없습니까? 꼭
보고 싶다는 분들이 계셔서."

"하하하, 친구들은 저를 위해 자존심도 내려놓고 공연을
한 것입니다. 또 부탁하기가 좀."

"아, 안타깝군요."

"그래도 말은 해 보겠습니다."

"그것만으로도 감사하죠. 도련님."

그리고는 한영수의 귀에 대고 속삭인다.

"저는 도련님을 응원하고 있습니다."

"으하하하하. 감사합니다. 기대에 부응하도록 하죠."

그렇게 상인과 한쪽 눈을 깜빡이며 인사를 나누는 한영수.

저거, 저거. 또 성격 나온다.

난 상인들이 떨어져 나가기를 기다렸다가 말했다.

"자만하지 마라. 너 아무것도 안 한 거 알지?"

"아이, 알고 있지."

한영수는 나의 어깨를 치며 말했다.

"무적 최강 이서하님이 다 했다는 걸. 하하하!"

무적 최강이라니.

단어 선택하고는 참 한영수스럽다.

고작 그런 말에 내가 기뻐할 거로 생각했다면 아주 잘 생각한 것이다.

이 자식 사람 띄울 줄 아네.

하지만 지금은 신중해야 한다.

"이번에도 나만 믿으라고 하고 싶지만 과제가 뭐냐에 따라 달라. 손도 쓸 수 없는 과제면 과감히 포기한다. 알았냐?"

지(智)의 과제는 한태규에게 유리한 면이 있었으나 그렇다고 승산이 없는 과제는 아니었다.

실제로 상인들은 이미 한태규와 한영수를 동급으로 놓을 정도로 감명을 받은 상태이니 말이다.

'아마 이번 과제는 더 어렵겠지.'

확실하게 한태규가 승리할 수 있는 그런 과제를 낼 것이 분명했다.

그리고 그런 과제라면…….

"두 번째로 덕(德)의 과제를 시작하겠다."

역시나 덕(德)의 과제를 들고 나왔다.

그리고 그 순간 저택 뒤쪽에서 10명의 남녀가 걸어 나와 앞에 섰다.

"너희들은 지금부터 여기 있는 10명의 귀인을 설득해 3일 뒤 이곳으로 데리고 와 서명을 받아 내야 한다."

그러자 뒤에 있던 정이준이 나의 귀에 속삭였다.

"이거 졌네요."

"그래, 진 거 같다."

이준이의 말대로다.

이렇게까지 치졸할 줄은 몰랐는데 말이다.

저 귀인이라는 사람들은 아마 한백사가 직접 선택한 사람들일 것이다.

그렇다면 한영수가 백날 설득해 봤자 그의 편에 서 줄 리가 없다.

'덕(德)은 그냥 포기해야겠네.'

그렇다면 체(體)에서 모든 것을 걸어야 한다.

체(體)는 아무리 한태규에게 유리하게 만들려고 해도 무력적 충동이 있을 만한 전제로 과제를 만들어야 할 테니 말이다.

"정치도, 장사도 모두 사람이 재산인 법. 귀인들이 원하는 것을 알아내고, 이들의 환심을 사 자신의 덕을 선보이도록 하라."

시작과 동시에 참가자들이 귀인들을 향해 다가갔으나 난 한영수를 돌아보며 말했다.

"그냥 3일 동안 휴가라고 생각하자. 한영수……."

그런데 조금 전까지 내 옆에 서 있던 한영수가 보이지 않았다.

"뭐야?"

"저기 뛰어갔어."

상혁이의 말에 난 귀인들 쪽으로 고개를 돌렸다.

한영수가 귀인으로 뽑힌 한 남자와 포옹하고는 반갑게 웃으며 말했다.

"뭐야? 네가 귀인이야? 어떻게 뽑힌 거야?"

"그렇게 됐다."

"짜식, 반갑다."

젊은 남자들과 인사를 나누는 한영수.

딱 봐도 절친한 사이인 것만 같았다.

그렇게 한참을 3명의 무사와 인사를 나누던 한영수는 친구들과 함께 다가와 나에게 말했다.

"인사해. 나랑 같이 운성에서 수련했던 애들이야. 여기 김춘서, 김태평, 최정배."

같이 수련했던 애들이라고?

한영수가 '친구'라고 부른 세 사람은 나에게 고개를 숙이며 인사했다.

"처음 뵙겠습니다. 이서하 선인님."

"그래. 반갑다."

한 사람씩 돌아가며 악수를 할 때 한영수가 흥분해서 말했다.

"이야, 이 꼴통들. 여기서 만날 줄은 몰랐네. 어떻게 뽑힌 거야?"

"이게 귀인이라는 게 각자 역할이 있거든. 우리는 수비대 대표로 뽑힌 거야. 남문, 북문, 서문. 이렇게."

"수비대 대표라고?"

"야, 우리 끗발 좀 날려. 대장들이야 뭐 일이 바쁘니까 이런 시험에는 참여할 수 없으니 부대장인 우리가 대신 온 거지."

"부대장? 이야, 대단하네."

저 젊은 놈들이 수비대 부대장이라고?

같은 나이에 홍의선인이 된 내가 할 말은 아니지만, 너무 빠른 인사 아닌가?

뭔가 구린내가 난다.

하지만 한영수 저놈은 의심 없이 믿고 있었다.

아니, 믿고 싶겠지.

그래야 이 절망적인 덕(德) 과제에서 승점을 따 갈 수 있을
테니 말이다.

난 제3자인 상혁에게 물었다.

"상혁아. 저 세 사람이 한영수랑 같이 수련했으면 너도 같
이했겠네."

"그런 적도 있었지."

"저 세 사람에 대한 평가 좀 해 줘라."

"한영수랑은 친했어. 한영수랑은."

상혁이는 말을 아꼈다.

나도 더는 물어보지 않았다.

별로 좋은 기억은 아닐 테니 말이다.

어쨌든 저 셋이 친구라는 게 한영수만의 착각은 아닌 모양
이다.

'뭐지?'

도대체 뭘 꾸미고 있는 거지?

굳이 귀인 중에 저 세 사람을 넣은 이유가 뭘까?

그렇게 생각할 때였다.

"그러지 말고 우리 밥이나 함께 먹을까요? 어떻습니까? 한
영수 도련님."

"야, 도련님이라니. 친구끼리. 당연히 먹어야지. 이서하.
넌 어떠냐?"

"네! 선인님도 함께 가시죠. 저희가 맛있는 곳으로 안내해

드리겠습니다."

나는 대답하지 않고 뒤를 돌아봤다.

상혁이는 어깨를 으쓱하며 말했다.

"난 돌아가서 좀 쉴게. 공연 연습을 너무 많이 해서 힘들다."

"그래, 그렇게 해. 나머지도 가서 쉬어. 나만 갈게."

굳이 내 친구들까지 갈 필요는 없다.

별로 편한 자리도 아닐 테니까.

그렇게 향한 한 식당.

자리에 앉자마자 한영수의 친구 중 하나인 김춘서가 말을
시작했다.

"야, 근데 너 한상혁이랑도 같이 다니냐? 아까 보니까 있던데."

"어? 어. 나랑 같은 광명대야. 광명대."

"비위도 좋다. 너 한상혁보고 천한 놈이라고 욕하면서 다
녔잖아. 같이 밥도 먹기 싫다고 하면서."

"……."

한영수는 내 눈치를 보았다.

난 최대한 표정 관리를 하며 세 사람을 쳐다봤다.

김춘서는 눈치가 없는 건지 아니면 일부러 그러는 건지 계
속해서 말을 이어 갔다.

"기억나냐? 우리가 한상혁 그놈 도시락에 오줌 쌌던 거. 태
평이 네가 싸지 않았냐?"

"에이, 처음 말을 꺼낸 건 영수잖아. 그래서 내가 시행한

거고."

"……하하하, 그랬나? 기억이 안 나네. 진짜 철도 없고 개념도 없고 그랬네."

생각보다 상혁이가 괴롭힘을 심하게 당했던 모양이다.

저런 짓을 당하고도 용서한 거야?

성인군자답네. 한상혁.

이후로도 상혁이에 관한 이야기가 계속해서 오갔다.

저 녀석들 매일같이 상혁이를 괴롭히며 논 건지 일화가 끊임이 없다.

그렇게 음식이 나오고 나서야 상혁이의 이야기가 끝이 나고 나에게 질문이 들어오기 시작했다.

"그런데 이서하 선인님은 영수랑 어떻게 친해진 겁니까? 별로 사이 안 좋았다고 들었는데. 솔직히 영수가 친해지기 좋은 성격은 아니잖아요."

"지금도 사이 안 좋아."

누가 이놈이 예뻐서 온 줄 아나?

운성에 내 세력 만들러 왔지.

"에이, 그래도 사이가 안 좋은데 이런 데까지 와서 도와줄 리가……."

"진짜 안 좋아. 지금도 반 죽이고 싶거든."

난 움찔하는 한영수를 슬쩍 보고는 말을 끝냈다.

"그러니까 이간질하지 않아도 돼. 상혁이 가지고."

"네? 그게 무슨⋯⋯."

"아, 상혁이 얘기가 기분 나쁘셨구나. 죄송합니다, 선인님. 저희도 지금은 후회 중입니다. 아무리 어렸어도 좀 심했죠."

장난스럽게 넘어가는 세 사람.

나랑 한영수를 이간질하려고 상혁이를 들먹이는 걸 보면 전혀 후회하는 거 같지 않다.

그때 한영수가 말했다.

"그래서 말인데. 너희 나한테 서명해 줄 거지? 할아버지한 테 뭐 막 지령 듣고 그런 건 아니지?"

"무슨 소리야. 신권대회에서 설마 그런 일이 있겠냐? 그리고 우리가 너한테 서명 안 해 주면 누구한테 하겠냐?"

"맞아, 한태규 그 새끼 고개 **빳빳한** 거 꼴 보기 싫어서. 진짜."

"그래, 그래. 고맙다."

"대신 은혜는 갚아라. 나 수비대장 꿈인 거 알지?"

"내가 소가주가 되면 셋 다 수비대장이야."

"크으! 역시 우리 친구."

자화자찬의 연속.

듣기 괴로울 정도다.

그렇게 영양가 없는 잡담뿐이던 식사가 끝나고 세 친구를 배웅한 한영수는 나에게 다가와 말했다.

"저기 그 상혁이 얘기는⋯⋯."

"정말 후회하고 있긴 하냐?"

"하고 있어. 정말로. 믿어 줘라. 그때는 우리 넷 다 철이 없어서 그래. 천성적으로 나쁜 애들은 아니야."

천성적으로 나쁘지 않았다면 그렇게 악랄할 수 없을 텐데 말이다.

"그래? 그래서 넌 쟤들을 믿냐?"

"쟤들이 입은 거칠어도 또 의리는 죽여줘. 내가 잘못한 것도 다 뒤집어쓰고 그랬었어. 걱정하지 마."

착각을 아주 심하게 하고 있네.

하지만 난 미주알고주알 말하지 않고 고개만 끄덕여 주었다.

한영수에게 자신의 위치를 각인시켜 주는 것도 나쁘지 않으리라.

"그래? 그럼 이번 과제는 너만 믿는다. 한영수."

"맡겨 줘라. 첫 번째 과제에서 허수아비 한 거 다 만회하마."

"그래, 인마. 좀 잘해라."

난 한영수의 뒤통수를 때리고 앞으로 걸어 나갔다.

그리고 아무런 이변도 없이 3일 뒤.

결과 발표일이 밝았다.

정확히 3일 후 같은 시간.

나는 결과 발표를 앞두고 먼저 나와 한영수를 기다렸다.

사시(오전 9시)까지는 서명을 마쳐야 하는데 좀 늦는다.

"일각 정도 남았나?"

한태규를 제외한 다른 참가자들은 이미 도착해 서명을 받아 낸 후였다.

이런 중요한 일을 시간에 쫓겨 가며 하고 싶어 하는 사람은 없다.

우리 광명대의 쓰레기, 아니 막내 한영수를 빼면 말이지.

"한영수는 어때? 얘기는 잘된 거 같아?"

"자기들끼리는 분위기 좋더라고."

아린이는 어깨를 으쓱했다.

"그럼 된 거 아니야? 걱정스러운 얼굴인데."

"내가? 에이, 걱정까지야. 전혀 안 하고 있어."

이미 미래가 그려지고 있었으니 말이다.

그리고 그건 별로 좋은 미래가 아니었다.

때마침 구경꾼들이 도착하기 전에 한영수가 저택 안뜰로 걸어 들어왔다.

"좋은 아침!"

멋지게 차려입은 녀석은 한껏 기대에 부풀어 있었다.

"늦었네?"

"에이, 이 정도면 늦은 것도 아니지. 아직 일각은 남았잖아?"

"친구들은?"

"여기서 합류하기로 했는데, 아직 안 왔어?"

한영수는 주변을 두리번거리다 어깨를 으쓱했다.

"그럴 수 있지. 어제도 엄청나게 마셔서 걔들도 조금 늦을 거야. 시간은 맞출 테니 신경 쓰지 마. 아, 맞아. 우리가 번 돈 좀 썼다. 괜찮지? 이것도 과제를 위한 거니까."

첫 과제에서 번 돈 중 절반은 운성에 귀속되었으나 남은 절반은 각 참가자에게 돌아갔다.

앞으로도 필요할 때가 있을 테니 잘 간수하라나 뭐라나.

그나저나 저놈이 나에게 허락도 받지 않고 내가 번 돈을 썼다는 거지 지금?

"얼마나 썼는데?"

"별로 안 썼어. 한 1,000냥 정도?"

"와, 정말 조금만 썼구나."

"그렇지?"

이 자식 반어법을 모르는 건가?

아무리 우리가 만 단위에서 돈을 굴린다고 해도 하룻밤에 1,000냥을 가져다 쓰면 어떡하냐? 자기가 번 돈도 아닌데.

"그나저나 네 친구들은 왜 안 오냐?"

"에이, 온다니까. 걱정하지 마. 그 녀석들이 막 성실하진 않아도 약속 시간 같은 건 잘 지켜."

한영수는 호언장담을 하고는 연신 안뜰로 들어오는 문을 바라봤다.

녀석도 불안한 것이다.

마치 생일에 초대한 친구들이 오지 않아 초조해하는 아이를 보는 것만 같다.

그렇게 한영수가 손톱까지 물어뜯기 직전일 때였다.

"저기 온다!"

한영수의 친구 3인방이 안뜰로 들어오는 것이 보였다.

"야, 왜 이렇게 늦었냐? 내가 일각 전에는 오라고……."

안뜰로 들어온 한영수의 친구들은 옆으로 비켜서며 누군가의 길을 터 주었고 그 뒤를 따라 한태규가 들어왔다.

아무리 한영수가 멍청한 놈이더라도 상황이 어떻게 돌아가는 것인지 눈치채지 못할 리가 없었다.

'그럼 그렇지.'

저 셋은 한영수의 친구가 아니라는 것이다.

그냥 한영수에게 헛된 기대감을 품게 만듦과 동시에 혹시나 내가 다른 수를 쓰지 못하게 막아 두는 역할이었겠지.

'다른 수를 쓸 생각도 없었지만 말이야.'

이미 예상했기에 충격받을 것도 없다.

한태규는 의기양양하게 걸어오며 나에게 말했다.

"길 좀 비켜 주시겠습니까? 사람이 많아서."

저 자식 일부러 우리가 서 있는 곳을 가로질러 걸어가는 거 봐라.

'여론전을 하겠다는 거지.'

구경꾼들이 가장 많이 모인 시간에 나타난 것은 아마 그 이유일 것이다.

덤으로 한영수를 심리적으로 흔들면서 말이지.

그리고 그때 한영수가 자기 친구들에게, 아니 친구라고 믿었던 놈들에게 달려가 소매를 잡으며 말했다.

"야, 너희들 뭐야? 지금 장난쳐? 재미없다. 야."

그러자 놈들은 피식 웃으며 말했다.

"지금 뭐 하십니까? 한영수 도련님. 시간 없는데 놔주시죠."

거칠게 한영수의 손을 뿌리친 놈은 빠르게 걸어가 가장 먼저 한태규에게 서명해 주었다.

그 광경을 보던 민주는 호들갑을 떨며 말했다.

"뭐야? 뭐야? 친구 아니었어? 친구라고 했잖아?"

뭐야? 민주는 이 상황을 예측하지 못한 거야?

그러자 옆에 있던 주지율이 그녀의 옆구리를 찌르며 말했다.

"가만히 있어. 영수 더 비참해진다."

"아니! 친구라며! 뭐야? 쟤들? 완전 어이없네."

"……."

상혁이는 작게 한숨을 내쉬었고 아린은 눈을 동그랗게 뜨고 나를 바라봤다.

"친구가 아니었구나."

"당연히 아니지."

4대 가문의 직계 도련님과 살아남기 위해 그를 따르던 소가문의 자제들이 어떻게 친구가 되겠는가?

그저 갑을(甲乙) 관계.

그 이상도 이하도 아니었을 것이다.

"한영수한테는 친구 없어."

광명대에서도 친구라고 부를 수 있는 사람은 없다.

불쌍하게 여길 필요는 없겠지.

자업자득이니 말이다.

이윽고 한태규를 따라 들어온 6명의 서명을 끝으로 귀인 10명의 소속이 정해지며 사시를 알리는 종이 울렸다.

"여기까지. 그럼 결과를 발표한다."

당연히 6명의 서명을 받은 한태규가 1등.

이번에도 1등에게 주어지는 승점 10점을 가져갔다.

총 20점.

전 시험에서 2등을 해 8점을 받았으나 이번에 꼴찌를 하며 0점을 받은 한영수에게 역전의 기회는 없어졌다는 말이나 다름없었다.

'신권대회는 점수가 전부다.'

마지막 시험의 점수 배분이 더 높기를 바라야 하는 건가?

그렇게 현실적인 고민을 하고 있을 때였다.

"이 개새끼들아."

이를 악물고 있던 한영수가 자기 친구들에게 걸어가며 말했다.

세 명의 무사들은 도망가지도 않고 당당하게 한영수 앞에 섰다.

"입이 험하십니다. 우리 도련님."

"도대체 왜 그런 거야? 친우와의 의리를 저버릴 만큼 그렇게 출세가 좋았냐? 어? 좋았냐고 이 새끼들아!"

"잠깐, 잠깐. 우리 도련님이 한 가지 착각하시는 게 있는데…….."

앞으로 걸어 나온 남자는 김춘서였다.

그는 조소와 함께 말을 이었다.

"우리가 언제부터 당신 친구였습니까?"

"뭐?"

"아니, 생각해 봐요. 자기가 하고 싶은 것만 하고, 당신이 혼자 굴러서 상처라도 나면 같이 놀던 우리만 복날 개 맞듯이 처맞고. 안 그랬습니까?"

"…….."

"그때야 한 가주님께서 도련님 잘 챙겨 달라고 특별히 부탁하셔서 같이 지내긴 했는데."

김춘서는 한영수의 바로 옆까지 다가와 속삭였다.

"너 같은 쓰레기한테 친구가 있겠냐?"

"이 개새끼가아아아!"

한영수가 손을 드는 순간 상혁이 걸어가 막았다.

"사람들이 이렇게 많은데 먼저 때리려고? 좀 참아라. 네가

111

아무리 망나니여도 우리 얼굴에는 먹칠하지 말아야지."

"다 상관없어! 그래, 한태규 저 새끼 가주 하라고 해. 난 오늘 이 새끼들 죽이고 감옥 간다."

한영수는 어떻게든 상혁의 손에서 벗어나려 했지만, 힘에서 상대가 될 리가 없었다.

그렇게 한영수가 발악할 때 김춘서가 말했다.

"야, 한상혁. 넌 배알도 없냐? 어떻게 한영수를 도와줘? 얘가 너한테 한 짓이 있는데."

"……."

"차라리 우리랑 같이 한태규로 붙는 거 어때? 너희 광명대 대장님도 네가 싫다고 하면 한영수 안 도와줄 거 같은데."

김춘서의 말에 한영수의 발악이 멈추었다.

한영수도 생각이란 걸 할 줄 알면 알겠지.

상혁이가 자신을 도와줄 이유는 단 하나도 없다는 걸 말이다.

"생각해 봐라. 한영수 같은 놈이 가주가 되면 이 운성이 미래에 어떻게 되겠냐? 지금이라도 바로잡아야지. 같은 피해자끼리 힘 좀 합치자."

그렇게 한영수가 불안한 눈으로 바라볼 때 상혁이가 입을 열었다.

"같은 피해자?"

그리고는 앞머리를 분다.

화난 상혁이를 얼마 만에 보는 건지 모르겠다.

"같은 피해자라고?"

"정도는 달라도 비슷한 피해자 아니냐?"

"역겹네."

상혁은 한영수의 손을 놓고 김춘서의 앞으로 걸어갔다.

상혁의 몸에서 뿜어져 나온 살기가 안뜰을 가득 채웠다. 그 기세에 김춘서와 두 명의 잡놈들은 침을 삼키며 뒤로 한 걸음 물러났다.

"너희들 한영수한테 잘 보이려고 앞장서서 괴롭힌 건 잊었냐? 너희한테 그런 걸 시킨 한영수나 시킨다고 열심히 한 너희나 똑같은 놈들이라고. 어디서 피해자 행세야?"

"그게 힘의 논리야. 어쩔 수 없다고. 내가 널 안 괴롭혔으면 내가 괴롭힘을 당했을 거야. 우리 다 피해자라고."

"그게 역겹다고."

상혁이는 어이가 없다는 듯이 웃었다.

"자기는 잘못이 없다며 정의로운 척하지 마라. 너희나 한영수나 다를 게 없어."

"……그래? 그런데 왜 한영수를 도와주냐?"

"얜 사과했거든."

한영수는 침을 삼켰다.

"진정성이 있는지 없는지, 그냥 가주가 되고 싶어서 그런 건지는 몰라도 꽤 그럴듯한 사과를 했어. 같은 개새끼면 사과한 개새끼가 낫지."

그리고는 한영수의 어깨를 치며 말했다.

"뭐 하냐? 가자."

"어? 어……, 그래."

어리둥절한 얼굴로 상혁을 따라 걸어오는 한영수.

김춘서는 그런 두 사람에게 외쳤다.

"그래라. 이 호구 새끼야. 네가 그러니까 표적이 된 거야.
알아?"

그 순간이었다.

"말조심하지. 김 무사."

상혁이는 단숨에 표정을 바꾸며 김춘서의 앞으로 걸어갔다.

"일개 수비대 부대장이 감히 은악의 가주에게 함부로 말하
는가?"

김춘서는 긴장한 얼굴로 침을 삼켰다.

저 자식들 아직도 상혁이가 운성의 사생아라고만 생각하
고 있던 모양이다.

그러나 지금의 상혁이는 한 도시의 가주로 계급만 본다면
한백사와 동급.

일개 무사 따위가 감히 말을 섞을 수 있는 인물이 아니었다.

"지금부터 한 번이라도 더 말을 놓으면 나에 대한 모욕으
로 간주해 그 목을 칠 거다. 알겠냐?"

"……."

"대답은?"

"……네, 가주님."

상혁은 허리를 숙여 인사하는 김춘서를 내려 보다 몸을 돌려 걸어왔다.

난 그런 상혁에게 주먹을 내밀며 말했다.

"멋있었다. 한상혁."

"내가 원래 한 멋짐 하지."

상혁은 주먹을 맞부딪친 뒤 말했다.

"그나저나 이제 끝난 거 아니야? 마지막 시험에서 우리가 10점 받고 한태규가 0점을 받아도 최종 1위는 못 할 텐데."

"글쎄다."

나는 김춘서를 비롯한 세 사람을 바라봤다.

"그래도 최선을 다해 봐야지. 아직 기회가 남아 있을 수도 있으니까."

나는 풀이 죽은 한영수를 바라봤다.

"야, 한영수. 정신 차려. 아직 네가 해야 할 일이 많아."

"어? 어. 그래."

이제 가장 중요한 마지막 과제만이 남았다.

같은 날 밤.

한영수는 이서하의 부름에 그와 같이 밥을 먹고 숙소로 복귀했다.

"후우."

지금까지 살아온 모든 것이 후회되고 있었다.

절친한 친구라고 생각했던 세 사람은 하루아침에 배신했고 그렇게도 업신여겼던 상혁만이 유일한 아군이 되어 주었다.

'알고는 있었지만.'

짧은 20년의 인생이지만 헛살았다는 생각이 들었다.

'지금이라도 똑바로 하자.'

자기 사람을 만들어야만 한다.

이번 덕(德) 과제로 그것을 깨달은 한영수였다.

'일단 자자. 다음 과제에서 만회해야 해.'

신권대회에서 자신이 한 일이라고는 오직 삽질뿐이었으니 말이다.

그때였다.

"한영수 도련님. 손님이 오셨습니다."

객잔 종업원의 말에 한영수는 문을 열었다.

그 앞에는 훤칠한 무사가 서 있었다.

"가주님께서 찾으십니다."

"가주님이요?"

한영수는 즉답했다.

"그러죠."

그리고는 마치 준비라도 하고 있었던 듯 외투를 입고 무사를 따라나섰다.

그렇게 아무도 몰래 간 저택.

한백사는 손자를 반갑게 맞이하며 말했다.

"그래, 앉아라."

한영수가 긴장한 얼굴로 자리에 앉자 한백사가 입을 열었다.

"그래, 홀로서기를 해 본 기분은 어떻더냐?"

"······."

한영수는 대답하지 않았다.

예전에는 재롱도 부리고 뭔가 무리한 요구도 할 수 있을 만큼 편안한 할아버지였지만 지금은 아니었다.

한백사는 대답하지 않는 손자를 물끄러미 바라보다 말했다.

"너에게서 운성을 빼면 무엇이 남는지 확인해 보았느냐?"

"그건······."

"이서하도 네가 운성의 가주가 될 가능성이 있기에 도와주는 것이니 그 또한 온전한 너의 것은 아니지. 내 말이 틀리더냐?"

"······."

"내일 과제를 발표하면서 총점이 30점이라는 것을 밝히면 이서하는 바로 네 곁을 떠날 거다. 네가 운성의 가주가 될 가능성이 없으니."

"그렇지 않을 것입니다. 이서하는 그렇게 치졸한 사람이 아닙니다."

"치졸한 게 아니라 똑똑한 거지. 이서하는 아무 이득도 볼 수 없는 곳에 시간을 투자할 만큼 멍청하지 않아. 분명 널 가주로 만들어 주는 대신 뭔가를 요구했을 텐데. 아니더냐?"

한영수는 반박할 수 없었다.

"힘을 가진 삶과 힘이 없는 삶. 그 두 개를 넌 전부 체험해 봤을 것이다. 이대로라면 넌 결국 지금처럼 비루하게 남에게 빌붙어 별 볼 일 없는 삶을 살다 죽겠지."

한영수가 고개를 푹 숙이자 한백사가 말했다.

"지금이라도 이서하를 버리고 내 밑으로 들어오면 널 가주로 만들어 주마."

"······!"

운성의 가주.

자기가 원래 있을 자리로 돌아갈 기회였다.

믿었던 친구에게 배신당하고, 아랫것들에게 업신여겨지며 바닥을 경험했을 한영수에게는 거부할 수 없는 제안.

"어쩌겠느냐?"

한영수는 침을 삼키며 말했다.

"저는······."

한영수는 잠시 머뭇거리다 눈을 질끈 감으며 말했다.

"그리하겠습니다."

"그래, 잘 생각했다. 우리 손자."

한백사의 안면에 웃음꽃이 피어올랐다.

그렇게 오랜만에 조부와 손자로 돌아가 단란한 시간이 이

어졌고, 한영수가 돌아가며 한백사 홀로 남은 방으로 한 남자
가 들어왔다.

한백사의 둘째 아들이자 한영수의 아버지였다.

"어떻게 되셨습니까?"

"잘 알아듣더구나."

한백사는 빙긋 미소를 지었다.

애초에 한백사는 한태규에게 가주 자리를 줄 생각이 없었다.

그저 한영수를 각성시키기 위한 도구로 사용하려고 했을 뿐.

직계도 아닌 그에게 운성의 지존 자리를 내어 줄 수는 없지
않겠는가?

그렇기에 굳이 한영수의 옛 친구들, 아니 하인들을 사용해
권력의 힘을 간접적으로 보여 준 것이었다.

"이제 알았을 거다. 자기가 누려 왔던 모든 것이 운성이라
는 이름 덕분이었다는 걸. 그리고 그 이름 없이는 아무것도
아니라는 걸 말이야."

"……."

아들이 침묵하고 있자 한백사는 신이 난 듯 말했다.

"그래도 너보다는 강단이 있구나. 나한테 거역할 줄도 알고."

한백사는 가능만 한다면 자신의 분신을 차기 가주로 세우
고 싶었다.

아니, 불로불사의 영약을 얻어 평생 자신이 운성의 가주가
되고 싶었다.

그러나 그럴 수 없음을 알기에 처음부터 한영수를 후계자로 낙점하고 육성한 것이었다.

그 첫 번째 단계는 권력에 중독되게 만드는 것.

두 번째 단계가 권력이 없을 때의 비참함을 맛보여 주는 것이었다.

"이제 돌아올 때도 되었지."

한백사는 못난 아들에게 말했다.

"너는 영수를 위해 준비나 잘해 놓거라. 1번부터 10번 무사들은 모두 초절정 고수여야 할 것이다."

"네, 이미 수배해 두었습니다."

"그래. 수고하거라."

그렇게 마지막 과제.

체(體)의 과제 발표 날이 다가왔다.

한백사의 안뜰에는 오직 참가자와 그들의 동료들만이 들어왔다.

지금까지의 과제들은 구경꾼들을 세워 놓고 마치 축제처럼 진행되었으나 마지막 과제만큼은 달랐다.

한백사는 감독관에게 과제 내용을 건네며 말했다.

"이렇게 발표하도록."

"내용이 조금 달라졌네요."

"마지막 과제는 조금 더 재밌어야 하지 않겠느냐? 위기의 순간에 잠재력이 나올 수도 있고."

"알겠습니다."

그때 한태규가 들어왔다.

"안녕하십니까? 가주님."

"오, 태규구나. 그래, 들어오너라."

한태규는 안면에 미소를 띠고 한백사의 앞에 앉았다.

"덕분에 소가주가 될 수 있었습니다. 감사합니다."

"마지막 과제가 남은 걸로 아는데."

"굳이 마지막 과제까지 봐야 하겠습니까? 저에게는 지영학 무사가 있는데요. 무슨 과제가 나오든 제 우승이 확정된 거 아니겠습니까?"

"그래? 그렇지. 지영학이가 있었지. 하하하!"

한백사는 한태규의 어깨를 두드렸다.

"그래도 방심하지 말거라. 저기는 이서하가 있으니."

"한영수는 이미 탈락 아닙니까? 이번 과제에서 1등을 해도 제 점수를 넘지 못합니다."

"그런가?"

한백사는 한태규의 어깨를 두드렸다.

"이제 곧 발표가 시작되니 자리로 돌아가거라."

그 순간 한태규가 표정을 굳혔다.

'망할 늙은이. 무슨 꿍꿍이가 있군.'

정해진 자리에 선 한태규는 옆쪽의 한영수를 바라봤다.

멍한 얼굴로 서 있는 한영수.

그리고 그 뒤로 이서하가 어느 정도 거리를 두고 무표정하게 한영수만을 노려보고 있었다.

'뭔가 문제가 있나?'

전과는 다르게 차가운 분위기.

한영수가 친구들과 싸울 때 도움을 줄 정도로 사이가 좋다고 봤는데 말이다.

'내 알 바는 아니지.'

그렇게 생각할 때였다.

"자, 그럼 체(體)의 과제를 발표하겠다. 운성의 가주는 주도에 앉아 통치하는 것뿐 아니라 수시로 다른 도시로 이동하며 상단 및 원정대를 지휘하기도 한다. 이번 체(體)의 과제는 그 예습의 일환으로 참가자들이 표두가 되어 귀중품을 정해진 위치까지 옮겨야 한다."

한태규는 고개를 끄덕였다.

'그럴듯한 과제네.'

운성은 수많은 가문과 관계를 맺어 하나의 연합을 형성하고 있었다.

그 누구도 대놓고 말하지는 않으나 운성이 독립하려 한다면 신씨 왕가도 막을 수 없을 것이라는 소문까지 돌 정도.

그렇기에 운성의 가주는 수시로 이 연합 가문을 방문해 친목을 다지고 선물을 주고받았다.

때문에 순행은 운성 가주에게 있어 일상이었고 순행 도중에는 그 어떤 일도 일어날 수 있었다.

그리고 가장 핵심적인 설명이 이어졌다.

"또한, 경쟁자를 제거하는 데 있어 그 어떤 제약도 두지 않는다."

"……."

운성의 방식이다.

경쟁자를 이기는 데는 그 어떤 수단과 방법도 가리지 않는다.

그렇게 한백사는 운성을 최고의 자리로 올렸다.

그렇기에 다음 가주에게도 사사로운 윤리 의식보다는 무슨 수를 써서라도 목적을 이루어 내는 목적의식을 가지라는 뜻이었다.

"물론 이것은 과제일 뿐이니 진검을 사용하지 않는다."

한태규는 피식 웃었다.

'그게 무슨 소용이라고.'

초절정 이상의 고수들은 목검으로도 진검을 상대할 수 있다.

'만약 누가 죽더라도 사고로 위장하려는 거겠지.'

우리는 서로 죽이지 말랬는데 자기들끼리 죽였어요! 같은 식으로 말이다.

"그럼 지금부터 본격적인 과제를 시작……."

그때였다.

"잠시만요."

한영수가 손을 들며 말했다.

"1등은 몇 점을 얻습니까?"

"1등은……, 15점이다."

"잠깐!"

15점이라는 말에 한태규가 인상을 쓰며 말했다.

"어째서 15점이죠? 다른 과제는 다 10점이었는데."

"과제의 중요성을 생각해 체(體)의 점수는 다른 과제에 비해 더 많이 배점하였다."

"그런……."

한태규는 한백사를 쳐다봤다. 눈이 마주친 늙은 여우는 미소를 지어 보일 뿐이었다.

'설마 한영수를?'

한영수를 다시 품을 생각인가?

그래서 이서하와 한영수의 사이가 틀어져 저렇게 멀찌감치 떨어져 서 있는 것이고?

한태규는 이를 악물었다.

'잠깐, 그럼 지영학은……?'

지영학을 돌아본 한태규는 자신이 한 가지를 착각하고 있다는 걸 깨달았다.

'한백사의 사람이구나.'

암부는 결코 한백사를 버릴 리가 없다.

아무리 신권대회가 끝나고 새로운 소가주가 정해진다 하더라도 살아 있는 권력은 여전히 한백사일 테니 말이다.

'한백사의 한마디에 지영학은 움직이지 않을 수 있다.'

그래서 추천했구나.

무조건 암부의 지영학을 포섭하도록.

처음부터 한백사에게 놀아났다는 걸 깨달은 한태규는 침을 삼켰다.

이제 어떡하지?

체(體)의 과제를 통과하기 위해서는 지영학 같은 절대 고수의 능력이 꼭 필요하다.

'이서하를 포섭해? 한영수랑 사이가 멀어진 거 같은데 그럼 다시 적이 되었을 거 아니야.'

그렇게 생각하는 와중에도 한태규의 머릿속은 복잡했다.

'한백사 저 망할 늙은이가!'

한태규의 속이 부글부글 끓어오를 때 감독관이 말을 이어갔다.

"또한, 체(體)의 과제는 앞의 두 과제의 연장선에 있는 것. 참가자는 지(智)의 과제에서 번 돈으로 용병을 고용할 수 있으며 덕의 과제에서 얻은 귀인들이 체의 과제에서도 도움을 줄 것이다. 그럼 용병 고용을 시작한다. 용병에는 상, 중, 하의 등급이 있다. 그럼 첫 번째로 용병을 고용할 사람을 뽑겠다."

그 말에 참가자들이 수군거리기 시작했다.

누가 들어도 한태규에게 유리한 조건이었다.

그러나 한태규의 표정은 잿빛이었다.

'태규가 머리 회전은 빠르구나.'

하지만 이제 알았을 것이다.

자신의 주제를.

'네 역할은 여기까지다.'

이제 한영수가 상급 무사들 중 앞의 번호 10명을 고용하면 된다.

이들은 미리 준비해 둔 초절정의 고수들.

감독관은 제비를 뽑으며 말했다.

"그럼 한영수. 먼저 용병을 뽑도록."

한영수는 앞으로 걸어 나왔다.

상급 무사의 고용 비용은 2천 냥.

첫 번째 과제에서 약 4만 2천 냥을 벌어들인 한영수였다.

절반을 상납하고 남은 돈은 2만 1천 냥.

친구들에게 술을 사느라 써 버린 천 냥을 생각하더라도 딱 10명을 고용할 수 있을 만큼 남았다.

호명된 한영수는 이서하를 슬쩍 바라보고는 고개를 숙였다.

'죄책감을 느낄 필요 없다. 손자야.'

아무리 그 돈을 만든 것이 이서하라고 하더라도 과제로 번 돈은 엄밀히 말해 참가자의 것.

한백사는 망설이는 손자를 향해 미소 지었다.

'의리는 아무것도 아니란 걸 배웠지 않느냐. 영수야.'

덕(德)의 과제에서 깨달았을 것이다.

추억이니, 우정이니 하는 건 돈과 권력 앞에 아무런 소용도 없다는 걸.

그렇게 고민하기를 잠시.

이윽고 한영수가 입을 열었다.

"저는 고용하지 않겠습니다."

"……!"

순간 안뜰의 모든 이들이 침묵했다.

그리고 그 순간.

오직 이서하만이 웃고 있었다.

◆ ◇ ◆

덕(德)의 과제가 끝난 날.

나는 내가 느낀 위화감을 정이준과 함께 다시금 생각해 보았다.

"그렇네요. 한태규 그 사람을 소가주로 만들 생각이라면 그렇게까지 악랄할 필요가 있었을까 싶네요."

"그렇지? 그래서 말인데, 한백사가 한영수를 다시 불러들이려는 게 아닐까?"

"그렇다고 생각하죠."

정이준은 생각할 것도 없다는 듯 말했다.

"밑져야 본전이잖아요."

"그러니까 말이야. 그리고 만약 한영수를 소가주로 다시 만들 생각이라면 체(體)의 과제에서 뒤집을 수 있는 상황을 만들어 주겠지."

"호오, 그리고요?"

"뭐가 그리고야? 그렇게 판을 깔아 주기만 하면야 우리가 뒤집으면 되잖아."

"근데 우리 막내가 한백사한테 홀라당 붙을 수도 있잖아요."

"그럼 깔끔하게 손절해야지."

물론 여기까지 와서 손해 보고 가는 건 자존심 상하는 일이지만 어쩌겠는가?

기존 역사를 알면서도 일말의 희망을 품어 봤던 날 탓해야지.

결정을 내린 나는 한영수를 불러 작전을 설명했다.

한백사가 너를 다시 부를 수 있다는 것.

그렇다면 고분고분하게 그의 말을 들어준 뒤 뒤통수를 때리자는 것이었다.

그리고 그날 내 예상대로 한백사는 한영수를 몰래 불렀다.

"……그래서 너희들은 돌려보내고 상급 무사 1번부터 10번을 고용하래."

그래도 아직은 우리를 배신할 생각이 없는지 한영수는 한백사에게 들은 것을 바로 보고했다.

'특별히 강한 무사들로 구성했나 보네.'

제비뽑기 같은 걸로 순서를 정하면 확실하게 한영수를 첫 번째로 올릴 수 있으니 말이다.

"그래. 그러면 아무도 뽑지 마."

"그냥 뽑아서 이기면 되잖아? 왜 안 뽑아? 준비해 준다는데."

"그럼 우리를 돌려보낼 생각이야?"

"아니, 너희들도 같이 시험을 보고······."

"용병들이 퍽이나 널 도와주겠다. 오히려 방해나 안 하면 다행이지."

한영수는 그제야 알겠다는 듯 고개를 끄덕였다.

"잘 선택해라. 네 할아버지 말대로 하면 넌 아마 소가주가 될 거다. 한태규가 암부에서 고용한 무사는 움직이지도 않을 테니까."

이렇게 된 이상 처음부터 설계했을 가능성이 크다.

이참에 나도 이놈을 좀 시험해 보자.

"가주가 되고 싶으면 한백사가 시키는 대로 해라. 그래도 한태규보다는 네가 낫겠지."

"······정말 그렇게 생각하냐?"

나는 어깨를 으쓱하고 일어났다.

구질구질하게 대화를 더 길게 할 필요는 없었으니까.

그리고 맞이한 체의 과제 발표 날.

혹시나 한백사의 마음이 바뀔까 나와 광명대는 한영수와 거리를 두고 섰다.

이윽고 선택해야 할 시간이 다가오고 한영수는······.

"저는 고용하지 않겠습니다."

나를, 그리고 광명대를 선택했다.

나는 한영수의 옆으로 걸어가 어깨동무를 하며 한백사를 올려 보았다.

믿을 수 없다는 듯이 손자를 내려다보는 한백사.

'당신이 준비한 작전이 역효과를 냈다는 거지.'

한영수가 천하의 인간쓰레기가 아닌 이상 가장 비참했던 순간에서 구원해 준 상혁이를 무시할 수 있었겠냐?

나는 의자에 앉아 분노에 부들부들 떠는 한심한 노인네를 향해 말했다.

"아이고, 우리 한 가주님 상태가 좀 안 좋아 보이는데 괜찮으십니까? 연세도 있는데 조심하시죠. 제가 의술을 배워서 아는데……."

난 앞으로 나아가며 엿을 내밀었다.

"머리를 많이 쓴 사람에게는 단 게 최고입니다."

머리 쓰느라 고생했으니 엿이나 먹어라.

이빨은 괜찮을까 모르겠지만.

한영수가 용병 고용을 포기하고 다음 차례는 한태규에게 돌아갔다.

한태규는 상급 용병을 1번부터 10번까지 사들였다.

"전부 살 수는 없습니까?"

"한 명이 독점하는 걸 막기 위해 10명까지만 고용할 수 있다."

"그렇다면야."

만족한 듯 돌아가는 한태규였다.

'저 1번부터 10번이 특별히 준비한 용병이라는 걸 아는 눈치네.'

제비뽑기는 운이라고 하지만 한영수가 처음으로 뽑힌 게 과연 우연일까?

한태규도 그렇게 생각하지 않겠지.

어쨌든 한백사가 특별히 준비한 운성의 고수들은 전부 한태규의 손으로 들어간 셈이다.

'쓸데없는 걸 준비해서 더 힘들게 만드네.'

하여간 저 노인네가 하는 일은 다 마음에 안 든다.

그 이후 감독관은 과제에 대한 자세한 설명을 이어 갔다.

"시험 장소는 해운산으로 3일 뒤에 시작한다. 표물(鏢物)은 각자 시작 장소에 준비되어 있다."

참가자들에게는 해운산의 지도가 하나씩 전달되었다.

X자가 쳐 있는 곳이 시작 지점, 그리고 해운산의 최정상이 목표 지점이었다.

"그럼 행운을 빈다."

설명이 모두 끝나고 한영수는 도망치듯 안뜰을 빠져나갔다.

에이, 한백사를 조금 더 놀려 주고 나가고 싶었는데 말이다.

승리의 춤이라도 추려고 했는데.

"뭘 그렇게 빨리 나가? 조금 더 상황 보고 나가도 되는데."

"좀 무서워서."

한영수는 빠르게 뛰는 심장을 진정시키며 말했다.

"이렇게 했는데 못 이기면 나 운성 퇴출 아니냐?"

"그건 내 알 바가 아니고."

"……"

난 잃을 게 없는 싸움이라는 거지.

"꼬, 꼭 이겨야 된다. 이서하. 지면 가만 안 둬."

"노력은 해 볼게."

"노력…… 으아아아! 내가 이딴 걸 믿고."

절규하는 한영수였다.

그러게 평소에 좀 잘하지 그랬냐?

'그래도 걱정은 걱정이네.'

한태규에게는 운성의 고수 10명에 지영학까지 있다.

'아마 다른 참가자들도 한태규 편이라고 봐야 되겠지.'

나는 결과 발표 때마다 참가자들의 안색을 살폈다.

참가자들은 중간 점수에도 흡족해하며 한태규를 축하해 주었다.

한마디로 참가자 중 가주를 노리는 건 한태규와 한영수뿐.

아마 다른 참가자들은 이번 과제부터 정치를 시작할 것이다.

확실하게 점수도 따면서 유력 가주 후보인 한태규에게 잘 보이려고 할 테니까.

어쨌든 전장은 넓고 수적으로는 불리하다.

하지만 내가 누구냐?

회귀 전, 유리한 전투라고는 단 한 번도 해 보지 않은 역전의 대가가 아니던가?

물론 역전한 전투는 손에 꼽지만 어쨌든.

난 불리한 상황에서 어떻게 싸워야 하는지 그 누구보다 잘 알고 있다.

그렇게 숙소로 도착한 나는 모두를 방에 모아 설명을 시작했다.

"그럼 지금부터 작전명 '깽판'에 대해 설명하겠다."

"……."

한영수가 눈만 깜빡이며 나를 바라봤고 정이준은 고개를 푹 숙였다.

"작전은 간단해. 우리 표물은 지키면서 다른 참가자들의 표물을 없애 버리는 거야. 이번 과제는 표물을 안전하게 정상까지 옮기는 거니까 표물이 상하는 순간 탈락이라는 뜻이지. 그럼 질문 있는 사람?"

그러자 정이준은 한영수에게 말했다.

"봐라. 막내야. 이게 바로 광명대다. 항상 어려운 길을 가지. 너 운성 가주 되면 나 좀 빼 가라."

진짜로 한영수가 빼 가면 어쩌려고 저러는 건지 모르겠다.

자기가 한영수한테 한 짓을 기억 못 하는 건가?

일단 난 설명을 이어 갔다.

"뭐, 표물이 상하면 탈락이라는 건 우리도 마찬가지니까 수비대와 공격대로 나눈다. 공격대는 나, 아린이, 지율이, 그리고 민주. 수비대는 한영수, 상혁이, 그리고 이준이가 맡아."

"잠깐만."

상혁이가 손을 들며 말했다.

"나는 왜 수비대야?"

"안 그래도 이유를 설명해 주려고 했어."

"호오."

정이준이 미소를 짓고는 주절거리기 시작했다.

"수비대는 머리를 써야 하니 제가 들어간 거군요. 거기다 상혁 선배와의 호흡까지 좋으니까. 확실히 좋은 인사입니다."

저 자식 공격대 안 들어가서 신났구만.

하지만 저런 이유는 아니다.

"공격대는 빠르게 움직여야 해. 나와 아린이의 속도를 못 따라오는 한영수랑 정이준은 탈락."

"……."

정이준과 한영수의 표정이 굳어진다.

어쩌겠느냐?

한영수는 3개월간 지옥 수련으로 겨우 절정 수준이었고 이준이도 그 비슷한 수준인데.

"그리고 저 둘만으로는 수비대의 의미가 없으니까 상혁이까지."

한마디로 수비대는 상혁이와 곁다리 둘이라는 소리다.

"상혁아. 너 혼자 지켜야 한다. 알았지?"

"그런 거라면 어쩔 수 없지."

그러자 정이준과 한영수가 불만을 외치기 시작했다.

"너무한 거 아닙니까아!"

"맞아! 우릴 무시해도 유분수가 있지."

"우리도 공격대! 공격대에 넣어 달라!"

정말 공격대에 들어오고 싶은 것일까?

"그래? 그럼 뭐 공격대 들어오든지. 공격대는 지금부터 해
운산의 지리를 달달 외워야 하니까 3일 동안……."

그러자 정이준이 외쳤다.

"수비대 만세! 충성!"

다루기 어려운 놈인지 쉬운 놈인지 모르겠다.

Chapter 84.

과제 설명이 끝나고 한태규는 한백사를 찾아갔다.

"걱정이 많아 보이십니다, 가주님. 기껏 일발 역전을 준비해 줬는데 영수가 그걸 차 내네요."

부들부들 떨던 그 모습이 안쓰러울 정도였으니 말이다.

한백사는 조소를 짓는 한태규를 바라보며 숨을 내쉬었다.

큰할아버지라며 친근하게 다가올 때는 언제고 이제 가주님이라고 딱 선을 긋는다.

"내가 역전의 기회를 줬다고? 대대로 체는 가장 중요한 과제로 더 많은 점수가 배점되었다는 걸 모르는 모양이구나."

"어렵하시겠습니까?"

"······하고 싶은 말이라도 있느냐?"

"영수가 꽤 당돌하더군요. 저도 그렇게 나올 줄은 예상하지 못했습니다."

"그래서?"

"한 가주님이 준비한 게 다 어그러졌으니 다시 돌려놓으셔야 하지 않겠습니까? 아니면 되돌릴 수 없으실 텐데요."

한영수의 돌발 행동에 주도권은 한태규가 잡았다.

"······그래, 네 말이 맞다."

한백사는 숨을 내쉬고는 평소의 모습으로 돌아왔다.

하지만 아직 정신적인 충격이 남아 있을 것이다.

한태규는 빠르게 말을 이어 갔다.

"지금이라도 저를 지원해 주시죠. 암부에는 저를 최대한 지원하라고 해 주시고 준비한 무사들도 저에게 붙여 주시면 감사하겠습니다."

"네가 뽑은 애들이 준비한 애들이다."

"오, 찍었는데 그게 그렇게 들어맞네요."

한태규가 뽑은 상급 용병들이 한백사가 준비한 고수가 아니었더라도 뒤에서 바꿔치기하면 될 일이었다.

"역전 가능성이 생긴 건 어쩔 수 없지만 가주님의 실책은 제가 만회해야겠죠."

"······."

"그럼 우승하고 돌아오겠습니다."

그렇게 밖으로 나가던 한태규는 미소로 말했다.

"아아, 가장 중요한 걸 잊을 뻔했네요. 제가 소가주가 되면 저와 함께 일할 사람들은 제가 뽑겠습니다. 가주가 되었을 때 제 사람 정도는 있어야 하니까요. 아시겠습니까?"

한백사는 빙긋 웃으며 말했다.

"그래, 그렇게 해야지."

"그럼."

그렇게 한태규가 나가고 한백사는 표정을 굳혔다.

'인사를 자기가 하겠다고? 그래, 시작은 그렇게 해라.'

소가주가 된다고 바로 가주가 될 수 있는 건 아니다.

적어도 몇 년은 한백사가 가주 자리에 남아 있을 테니 언제든 상황을 뒤집을 수 있다.

'일단 급한 불부터 꺼야 한다.'

먼저 배은망덕한 손자부터 손을 보도록 하자.

같은 시각.

밖으로 나온 한태규는 자신을 기다리고 있는 지영학을 보고는 미소를 지었다.

"기다려 주셨습니까?"

"그럼, 고용주가 습격이라도 당하면 안 되니 말이야. 그나저나 잘됐어. 자칫 잘못하면 이서하라는 친구 실력도 못 보고 갈 뻔했는데 말이야."

예상이 맞았다.

만약 한영수가 한백사의 제안을 받아들였다면 지영학은 바로 돌변했을 것이다.

하지만 이미 지나간 일.

괜히 긁어 부스럼을 만들 이유가 없다.

한태규는 배신감을 억누르며 말했다.

"그럼 이제 약조한 대로 저를 가주로 만들어 주서야겠습니다."

"물론이지."

지영학은 미소와 함께 한태규의 옷깃을 다듬으며 말했다.

"그런데 죽여도 되나? 인명 피해를 막기 위해 목검을 사용하라고는 들었는데 죽이면 탈락, 뭐 그런 말은 못 들었거든."

"……."

한태규는 잠시 생각했다.

이서하를 죽이는 것이 무슨 여파를 가지고 올까? 왕국의 기린아, 신유민 저하의 오른팔, 청신의 손자.

후폭풍이 심할 것이다.

그러나 그만큼 큰 이득을 볼 수도 있다.

'뭐, 신태민 측에 붙으면 된다.'

그쪽에서는 귀빈으로 받아 줄 테니 말이다.

'나쁘지 않겠지.'

생각을 마친 한태규는 입을 열었다.

"원한이 좀 있으신가 봅니다."

"원한이라니? 그런 거 아니야. 본 적도 없는 놈한테 원한을 가질 수 있나?"

지영학은 슬쩍 떨어지며 말했다.

"살기 없이 싸우면 밋밋하거든. 비무는 항상 그게 아쉬웠어."

고수라는 것들의 생각은 읽을 수가 없다.

"그래요. 알아서 하시죠. 난 가주만 되면 되니까. 하는 김
에 다 죽여 버리면 좋고요."

가주가 될 수만 있다면 누가 어떻게 되든 상관없는 한태규
였다.

◆ ◈ ◆

해운산(海雲山).

왕국에서도 손에 꼽히는 비경(祕境)을 가진 곳이었다.

특히나 한백사가 좋아해 수시로 찾는 곳이라고 알려진 곳
이었다.

하지만 이 해운산의 정상을 밟아 본 사람들은 손에 꼽았다.

험준하기는 굳이 설명할 필요가 없고, 꼭대기까지 오르기
위해서는 많은 마수까지 상대해야 하는 마경(魔境)이었으니
말이다.

'웬만한 무사들로는 정상까지 가는 것도 힘들겠어.'

하지만 난 웬만한 무사가 아니다.

왕국에서도 손꼽는 화경의 경지 아닌가?

'여기 온 김에 한백사만 갈 수 있다는 산장도 가 봐야겠네.'

회귀 전에는 구경도 못 해 본 곳이니 말이다.

"저기네."

한영수가 작은 오두막을 가리켰다.

시작 지점에 도착한 것이다.

"일단 표물부터 확인하자."

표물은 오두막 안에 황금색 보자기로 쌓여 있었다.

안을 열어 보자 황금 두꺼비가 나왔다.

"……."

이거 그냥 들고튈까?

아니, 아니. 그럴 수는 없지.

운성을 먹으려는 사람이 이런 황금 두꺼비에 홀려서 되겠
는가?

'후우, 회귀 전 좀도둑 기질이 나올 뻔했어.'

그나저나 가짜 표물로 그냥 나무판자 같은 거나 넣어 놨을
줄 알았는데 확실히 통이 크다.

한영수는 긴장한 얼굴로 말했다.

"이걸 이제 정상까지 가지고 가면 되는 거지?"

"어, 네가 가야지."

"내가? 아무나 가면……."

"아니, 네가 가야 해."

참가자가 표물을 들고 무사히 도착하는 것.

그것이 이 과제의 목표였으니 말이다.

난 두꺼비를 다시 보자기로 싼 뒤 정이준에게 건넸다.

"자, 네가 이거 오두막 어딘가에 숨겨라. 민주도 같이 가서 보고. 나중에 네가 찾아야 하니까."

"응, 알았어."

정이준이 신이 나서 어디론가 향하고 나는 상혁이와 한영수에게 말했다.

"일단 이 시작 지점을 지키는 거로 하자. 설마 시작 지점에서 움직이지 않을 거라고는 예상하지 못할 거야."

"알았어."

이윽고 민주가 돌아오고 나는 바로 명령을 내렸다.

"민주는 우리 주변을 맴돌면서 자유롭게 행동해. 적이 보이면 알려 주고."

"응. 그렇게 할게."

민주가 나무 위로 도약하며 사라지고 난 지율이와 아린이를 바라봤다.

"그럼 이제……."

사냥 시작이다.

지이이이잉!

시작을 알리는 종소리가 저 멀리서 들려왔다.

"그럼 우린 간다. 집 잘 지켜라."

"부탁한다."

허리를 숙여 부탁하는 걸 보니 간절하긴 한 모양이다.

이쯤 되니까 나도 좀 간절해지기 시작했다.

'일단 한태규다.'

급한 불부터 끄자.

이 해운산(海雲山)은 워낙 넓고 높아 아무리 뛰어난 무사라도 정상에 오르는 데만 꼬박 하루는 걸린다.

게다가 중간중간 마수들이 시간도 끌어 줄 테니 변변찮은 고수가 없는 다른 참가자들은 신경 쓸 필요가 없다.

'하지만 한태규는 다르다.'

지영학의 비호까지 받고 있기에 작정하고 정상으로 올라가기 시작하면 막기 쉽지 않다.

'다행이라면 길은 정해져 있지.'

3일 동안 지리를 달달 외운 나는 몇 가지 중요한 점을 알아낼 수 있었다.

해운산의 길은 어디서 출발했든 한곳으로 모이는 지점이 있다는 것이다.

'길이 아닌 곳으로 갈 수도 있지만.'

그럼 정상 언저리에서 기다리면 될 일이다.

아무리 그래도 절벽을 기어오르는 놈들보다는 빨리 갈 수 있겠지.

그렇게 주요 거점을 먼저 차지한 나는 아린이와 지율이를 향해 말했다.

"아린이는 도망치는 놈들 먼저 잡아 주고 지율이는 나를 뚫고 가는 놈들을 우선적으로 공격해 줘."

"알았어."

아린이와 지율이는 내 지령을 찰떡처럼 알아듣고는 바로 몸을 숨겼다.

확실히 저 둘과 다니는 것이 편하다.

이준이는 말이 많고, 상혁이는 좋은 의미로든 나쁜 의미로든 어디로 튈지 모르니까.

"그나저나 이 짓도 오랜만이네."

왕국을 떠나 제국을 가서 개고생하며 돌아다니던 중 산적 떼에 들어간 적이 있었다.

산적이라고 해 봤자 일반 백성들이 대부분이었기에 나름 무사였던 나는 꽤 대접을 받았다.

'그때 그래도 재밌었는데 말이야.'

당시 산적 대장은 절대 피난민을 건드리지 말라는 지령을 내렸었다.

나도 정의감에 차올라 '피난민을 건드리는 건 개만도 못한 짓입니다.'라고 말했다.

그런데 산적이 피난민을 안 건드리면 누굴 건드리냐? 우리도 먹고살아야 하는데.

그렇게 관군을 건드렸고 결과는 패망.

아주 박살이 났었다.

'안 죽은 게 다행이었지.'

관군들에게 여기저기 끌려다니면서 고기 방패로 쓰였던 때를 생각하면 눈물이 앞을 가린다.

'아, 그럴 때도 있었지.'

그때였다.

"이, 이서하!"

때마침 참가자 중 한 명이 나를 발견하고는 뒷걸음질 쳤다.

"괜찮습니다."

그러자 그가 고용한 용병과 동료들이 앞으로 걸어 나오며 말했다.

"혼자입니까?"

인원수는 총 13.

초절정 초입이 한 명, 그리고 절정이 둘.

나머지는 그저 그런 무사라고 볼 수 있었다.

"당연하지. 너희들 따위를 상대하는 데 더 필요하겠느냐? 이미 내 친우 한영수는 모두의 호위를 받으며 이 위로 올라갔다."

"호오, 그렇습니까?"

초절정 수준의 무사가 앞으로 걸어 나왔다.

나이는 40대 정도.

현 왕국 최강자 중 한 명이라고 소문이 난 내 앞에서도 긴장한 감이 없었다.

'하긴, 지금까지는 저쪽도 적수가 없었겠지.'

초절정 수준만 되더라도 이 왕국에서는 꽤 이름을 날릴 수 있을 테니 말이다.

"이 백의선인 김 아무개가 고명한 선인님에게 한 수 배우겠습니다."

말은 예의 바르게 한다만 어떻게든 나를 꺾어 명성을 날리고 싶어 하는 것이 보였다.

이윽고 남자가 양손의 목검을 휘두르며 나를 향해 달려들었다.

"풍뢰열참(風雷裂斬)."

오호, 천뢰쌍검의 초식 중 하나였다.

나름 운성의 사람이라는 건가.

확실히 검격이 살아 움직이는 것이 운이 좋아 초절정 수준까지 올라온 건 아닌 듯싶었다.

'요령성 원정 전이라면 꽤 위협적이었겠어.'

무기 정도는 빼 들어야 했겠지.

하지만 지금은 아니다.

"흐읍!"

나는 남자의 검을 피한 뒤 손바닥으로 그의 얼굴을 후려치며 외쳤다.

"안면타(顏面打)."

순식간에 생각해 낸 것치고는 완벽한 작명이다.

상대도 초식을 외치며 달려들었으니 나도 응해 줘야지.

안면타라고 이름 붙인 싸다귀를 맞은 남자는 공중에서 빙글빙글 돌아 옆으로 날아갔다.

난 손바닥을 바라보다 하늘로 시선을 옮겼다.

'역시 난 강한 거였어.'

지금까지 괴물 같은 것들이랑 싸우느라 몰랐을 뿐.

난 강하다.

이 작은 왕국에는 적수가 없다고 할까?

그렇게 생각할 때 내 머릿속에 한 사람의 미소가 지나갔다.

'아…… 할아버지.'

천외천(天外天)이라고 하지 않는가.

자만하지 말도록 하자.

아직 강한 나찰들도 상대할 수 없는 수준이니까.

"선인님!"

한영수의 친척으로 추정되는 녀석이 무사를 향해 외쳤다.

"다른 무사들은 안 덤빌 테냐?"

딱 봐도 겁을 먹었다.

'김 선인님이 한 방이라니.'

'말도 안 돼. 선인님은 초절정 고수라고!'

이런 생각을 하고 있지 않을까?

하긴, 고수를 앞에 둔 범인들은 저렇게 벌벌 떨 수밖에.

난 화경(化境)의 고수니까.

"자, 덤벼라!"

그렇게 외치는 순간 무사들이 자기 주인을 데리고 도망치기 시작했다.

'호오, 도망을 쳐?'

조금은 더 싸워 볼 줄 알았는데 말이다.

하지만 좋은 선택은 아니다.

아린이는 나보다 더 잔혹하거든.

"끄악!"

아린이는 등장과 동시에 한 방에 한 놈씩 눕혀 가기 시작했다.

이윽고 한영수의 친척으로 추정되는 참가자만 남았다.

나는 녀석에게 다가가 말했다.

"야, 너도 황금 두꺼비냐?"

"이, 이 나쁜 놈들."

"과제가 이런 건데 어떡하겠나?"

따지고 싶으면 한백사한테 따져 줬으면 좋겠다.

나는 땅에 엉덩이를 대고 주저앉은 녀석에게 다가가 말했다.

"좋은 말로 할 때 표물 내놔."

이거 진짜 산적이 따로 없다.

첫 번째 탈락자가 나오고.

나는 계속해서 길을 막고 서서 약탈, 아니 참가자들을 탈락시켰다.

원래라면 표물을 저기 어디 던져 버릴 생각이었지만 황금 두꺼비라는 걸 알았으니 그럴 수는 없었다.

과제 끝나면 가져가야 하니까.

'인건비라고 생각하자.'

광명대 인건비치고는 오히려 모자란다는 생각이 들 정도니까.

그나저나 한태규가 늦는다.

본인의 무공 경지로 보나, 가지고 있는 무사들의 수준으로 보나 가장 먼저 왔어야 하는 것이 아닌가?

그렇게 생각할 때 멀리서 흉흉한 기운이 다가오는 것이 느껴졌다.

"호랑이도 제 말 하면 온다더니."

잠시 앉아 쉬고 있던 나는 몸을 일으켰다.

'그런데 왜 두 명이지?'

육감에 느껴지는 기운은 두 개.

한태규는 이번에 고용한 초절정 고수 10명에 거기다가 원래 데리고 온 무사들까지 있지 않던가?

잠깐, 그렇다는 것은…….

'수비하는 것보다 공격하는 걸 선택했군.'

한영수를 탈락시키러 간 것이다.

생각이 정리될 때 지영학과 한태규가 모습을 드러냈다.

"하하하, 웬 산적 하나가 길을 막고 있구나."

공식적인 자리가 아니라고 평어를 쓰며 다가오는 한태규였다.

그럼 나도 말 짧게 해야지.

"그쪽은 그 많은 호위는 어디에다 두고 단둘이 오시나?"

"글쎄, 어디 갔을까?"

"한영수를 공격하러 간 거냐?"

"정답이다. 역시 똑똑해. 예상은 못 한 거 같지만."

나와 똑같은 작전을 쓴 것이다.

'안전하게 자신을 보호하며 올라갈 줄 알았는데 생각보다 강단이 있네.'

자기 옆에는 지영학 하나만 두고 나머지를 전부 풀어 한영수를 잡으러 갈 줄이야.

나는 지영학을 슬쩍 바라봤다.

팔짱을 끼고 나를 내려다보는 것이 위엄 가득하다.

하지만 나도 지금은 화경의 고수가 아닌가?

쫄 필요 없다.

나는 표정 관리를 하며 말했다.

여기서는 일단 공갈을 쳐야 한다.

"이거 어쩌나? 영수는 이미 올라갔는데?"

"아아, 그래? 몰랐네."

여유 넘치는 표정.

공갈이 안 먹힌다.

한영수가 움직이지 않았다는 것을 아는 얼굴이었다.

'시작 위치를 전부 알고 있었던 건가?'

한태규는 다시 한백사와 한편이 되었을 것이다.

그렇다면 시험에 관한 모든 정보를 알고 있어도 이상할 것이 없다.

나는 작게 한숨을 내쉬었고 한태규가 말했다.

"왜 작전대로 안 풀렸어?"

"……아니. 어차피 너만 잡으면 일단 우리 반은 성공이야."

이러쿵저러쿵 떠들어 대도 공격대의 목적은 변하지 않는다.

내가 어찌할 수 없는 일은 수비대에게 맡긴다.

나는 목검을 빼 들며 바로 한태규를 향해 달려들었다.

일검류(一劍流), 용섬(龍閃).

일단 한태규부터 제압한다.

아무리 지영학이 옆에 있다고 하더라도 이 일격은 결코 막을 수 없으리라…….

퍽!

……고 생각했다.

"기습이라니. 그러면 안 되지."

난 지영학의 손에 막힌 검을 바라보다 시선을 돌렸다.

'나름 힘 좀 줬는데…….'

다른 경지도 아니고 자그마치 화경(化境)의 경지에 오른

나의 일격을 한 손으로 막은 것이다.

수준 낮은 것들 상대로 자존감 좀 채우고 있었는데 말이다.

'좋다 말았네.'

아무래도 난 고수랑 싸워야 하는 팔자인가 보다.

이윽고 지영학이 말했다.

"너 혼자서는 안 될 텐데. 숨어 있는 애들도 나오라고 하지."

"안 그래도⋯⋯."

이미 아린이가 뒤쪽에서부터 날아들고 있었다.

"이미 오고 있다."

그리고 그 순간.

지영학이 목검째로 내 몸을 휘둘렀다.

'옹?'

나는 아린이와 부딪히는 순간에 그녀를 안고 날아갔다.

"후우. 괜찮아?"

"저 자식이 감히 내 서하를 무기로 써?"

내 서하라는 박력 있는 말에 심장이 뛰기 시작했다.

나대지 마. 심장아.

그렇게 심장을 진정시키고 있을 때 지율이가 다가왔다.

"작전 변경은 있나?"

"아니, 없어."

나는 극양신공을 발동하며 말했다.

"빨리 제압하고 영수랑 합류한다."

속전속결로 간다.

◆ ◆ ◆

과제 시작 하루 전.

한태규는 암부에서 데리고 온 학자와 함께 작전을 짜기 시작했다.

"이번 과제에서 이서하는 한태규 지부장님을 노릴 겁니다. 지부장님이 점수를 따면 절대 이길 수 없으니까요."

"그렇겠지. 하지만 괜찮지 않나?"

한태규는 별걱정이 없었다.

"내 옆에는 지영학 무사님도 있고, 저기 운성의 고수들도 있다. 아무리 이서하가 뛰어나도 광명대는 고작 7명이 아니냐?"

그리고 그중 하나는 한영수였다.

실질적으로는 6명이라고 봐야지.

"그냥 나를 지키면서 정상으로 올라가면 될 거 같은데?"

"그것도 좋지만 이서하와 유아린은 화경의 경지라는 정보가 있습니다. 이 둘이 양동 작전을 펼친다면 한태규 지부장님을 지킬 수 없을지도 모릅니다. 지영학 무사님의 몸은 하나뿐이니까요."

일리가 있는 말이었다.

오직 참가자와 표물만 제거하면 되는 과제의 특성상 아무리 호위를 철저하게 해도 구멍이 생길 수 있었다.

하지만 역으로 생각해 공격하는 입장이 되면 어떻게 될까?

"이서하와 유아린, 그 두 사람을 지영학 무사님이 막아 주면 나머지는 별 볼 일이 없습니다. 한상혁이 강하다고 소문은 나 있지만 초절정 고수 10명을 상대로는 그도 힘들겠죠."

이서하와 유아린만 잡아 두면 한영수를 제압하는 건 일도 아니었다.

"그러니 스스로 미끼가 되십시오. 이서하는 반드시 최대 전력으로 한태규 지부장님을 공격하러 올 것입니다. 뭐, 설사 한태규 지부장님이 탈락하더라도 다른 참가자 전체를 탈락시키면 우승은 지부장님의 것이 될 테니 너무 걱정하지 마시고요."

더 확실한 작전이었다.

'머리를 쓸 줄 아는 건 너만이 아니다. 이서하.'

한태규는 그렇게 지영학과 세 사람의 전투를 살폈다.

확실히 이서하와 유아린은 강했고, 창을 쓰는 놈도 초절정까지는 올라온 듯 보였다.

그러나 지영학은 밀리지 않는다.

'돈값 하는구나.'

무려 50만 냥이었다.

저 정도는 해 줘야지.

한태규는 다급해 보이는 이서하를 보며 미소 지었다.

'이번에는 나의 승리다.'

그러나 한태규는 모르고 있었다.

이서하의 얼굴에 음흉한 미소가 번지고 있다는 사실을.

◆ ◈ ◆

이서하가 지영학과 마주친 시각.

한영수는 긴장한 얼굴로 몸을 풀고 있었다.

"뭘 그렇게 긴장하냐? 서로 죽고 죽이는 싸움도 아닌데."

상혁이 정이준과 앉아 땅콩을 까먹으며 말했다.

"긴장이 안 되겠냐? 한태규 그 자식 쪽 무사만 몇 명인데!"

"몇 명이든 이기면 그만이지."

"아이고, 말은·쉽지."

한영수는 한숨을 쉬며 말했다.

"우리 할아버지 말로는 초절정 이상의 고수들로 10명을 준비해 준다고 했어. 우리가 이길 수 있을 리가 없잖아."

"그거야 싸워 봐야 알지."

"어련하시겠어요."

같이 수련을 했기에 상혁의 실력이 보통이 아니라는 건 알고 있다.

하지만 그렇다고 해도 상혁이 초절정 고수 10명을 상대로 이길 수 있을 거라고는 생각되지 않았다.

'그래도 설마 전부 다 오지는 않겠지.'

설마 한태규의 부하들이 다 오겠는가?

그러나 그 바람이 깨질 때까지는 오래 걸리지 않았다.

"준비해라. 다 온 거 같으니까."

"뭐? 왔다고?"

상혁이 손을 털며 일어남과 동시에 수많은 무사가 다가오는 것이 보였다.

김춘서 패거리와 한태규가 고용한 용병 10인.

지영학을 제외한 부하들이 전부 온 것이었다.

한영수는 하얗게 질려 상혁을 돌아봤다.

"왜, 왜 여기 다 있는 거야? 도대체 왜?"

"저기도 우리랑 같은 작전인가 보지."

상혁의 말에 한영수는 마른침을 삼켰다.

이윽고 한영수 앞에 도착한 김춘서가 앞으로 걸어 나오며 말했다.

"한영수, 이렇게 만나니까 또 반갑네."

"김춘서……."

마음 같아서는 김춘서 저놈을 씹어 먹어 주고 싶었으나 상황은 압도적으로 불리했다.

'이서하 이 자식 머리 좋은 척은 혼자 다 하더니.'

이렇게 될 줄 예상 못 했던 것인가?

하지만 탓할 여유는 없었다.

한영수는 재빨리 잔머리를 굴려 입을 열었다.

"하하하하, 김춘서! 낚였구나!"

"낚여?"

"표물은 여기 없다! 너희가 이럴 줄 알고 몰래 숨겨 두었지. 백날 찾아봐라. 그걸 찾을 수 있나!"

표물이 없다고 하면 적들도 당황해 뿔뿔이 흩어지지 않을까?

그렇게 생각한 한영수였다.

하지만 김춘서는 어이가 없다는 듯 말했다.

"너 바보냐? 표물이 없으면 대신 너를 조지면 되지."

"아……."

지켜야 하는 건 표물뿐만이 아니라 참가자 자신도 포함된다는 걸 간과하고 있었다.

'저 자식들 나를 노리고 온 건가!'

그때 한상혁이 앞으로 걸어 나오며 말했다.

"할 수 있으면 해 봐."

사촌 형제가 이렇게 든든한 적은 또 처음이었다.

한영수가 감동에 젖은 얼굴로 상혁을 바라볼 때였다.

"야, 꼭 한영수를 지켜야겠냐? 잘 생각해 봐. 네가 그런다고 저 쓰레기가 너한테 고마워할 거 같냐?"

"한 번만 더 그따위로 말하면 분명 죽여 버린다고 경고했을 텐데?"

"죽여. 죽여 보라고, 이 새끼야."

김춘서는 그렇게 말하고는 뒤를 돌며 말했다.

"잘 부탁합니다. 선인님들."

"적당히 해라. 적당히."

그리고는 모두 한영수를 무시하고 상혁의 앞으로 걸어 나왔다.

상혁의 앞에 선 선인 중 하나가 쓸쓸하게 말했다.

"오랜만이구나, 상혁아."

"저는 처음 뵙는 거 같습니다만."

"그렇겠지. 나는 그냥 멀리서 너를 한두 번 보았을 뿐이니까. 그래도 운성을 떠나 잘 지내고 있다고 생각했는데 운성에는 뭐 하러 왔느냐?"

"보시다시피 영수를 도와주러 왔습니다."

"저놈이 뭐가 예쁘다고……."

그때 뒤에 서 있던 비교적 젊은 선인이 말했다.

"형님, 잡담 그만하고 빨리 끝냅시다."

"기다려 봐라. 상혁아, 너한테 승산은 없다. 그냥 물러나는 게 어떠냐? 고작 너 하나 상대로 우리 10명이 나서는 것도 좋은 그림은 아니지 않느냐?"

상혁은 작게 한숨을 내쉬고는 말했다.

"그 정도면 죄책감은 다 덜으셨을 거 같은데 인제 그만 시작해도 될까요?"

"……."

상혁의 말에 선인이 표정을 굳혔다.

항복을 권유하며 좋은 사람인 척 떠들고는 있었으나 저들 모두 한백사와 다를 것이 없는 사람들이었다.

정말 좋은 사람이었다면 애초에 한백사의 명령 따윈 따르지 않았을 테니 말이다.

뒤에 서 있던 선인이 말했다.

"싸가지 없는 새끼."

"수도에서 잘나간다지 않냐. 놔둬라. 지금은 세상 무서운 줄 모르겠지."

착한 척하는 놈.

깔보는 놈.

대놓고 나쁜 놈.

운성에서 출세한 선인들은 다 저 모양 저 꼴이다.

'무공 수준만 높으면 뭐 하나?'

인간이 안 됐는데.

상혁은 앞으로 걸어 나가며 말했다.

"시간 없으니 한 번에 덤비시죠."

◆ ◈ ◆

같은 시각.

옛 친구들을 앞에 두고 극도로 긴장한 한영수에게 상혁의 말은 들리지 않았다.

"이렇게 기회가 빨리 올 줄 몰랐는데 말이야. 고맙다, 한영수. 한 번쯤은 널 밟아 주고 싶었거든."

"너, 너희 셋이 덤벼도 나한테 안 되던 거 잊었냐?"

"우리 어렸을 때? 그때는 우리가 널 건드리지도 못할 때고. 설마 아직도 네가 강하다고 생각하는 건 아니지?"

당연히 그렇게 생각하지 않는다.

당장 같은 나이 또래 중에서도 이서하, 한상혁, 유아린 같은 괴수들이 있지 않은가?

'이길 수 있을까?'

상대는 셋이다.

게다가 저 셋은 운성에서도 알아주는 재능으로 한백사가 직접 한영수의 옆에 둔 아이들이 아니던가?

'난 약하다.'

한영수는 약 3개월 동안 수련하며 수십 번은 상혁과 모의 대련을 치렀다.

그 수많은 대련을 치르는 동안 승리는커녕 옷깃 한 번 스친 적이 없었다.

'하지만……'

이번 신권대회에서 한영수는 괜히 과제 하나를 망치기만 했을 뿐.

아무것도 하지 않았다.

'내가 치러야 할 과제를 친구들이 대신해 주고 있다.'

그러니 지금이라도 도움이 되어야 한다.

빠르게 이 셋을 처리하고 상혁에게 간다.

한영수는 그렇게 생각하며 소리를 질렀다.

"덤벼, 이 새끼들아!"

이윽고 김춘서가 한영수의 머리를 향해 쌍검을 내려쳤다.

"죽어! 한영수!"

살기를 담아 공격을 날리는 김춘서.

그러나 한영수는 긴장이 풀린 얼굴로 김춘서의 공격을 바라봤다.

'뭐야? 이거?'

느려도 너무 느렸다.

마치 멈춰 있는 것처럼 느껴질 정도.

상혁과 수백번 대련을 하는 사이 한영수는 상상 이상으로 성장했던 것이었다.

한영수는 여유롭게 김춘서의 공격을 피한 뒤 목검 손잡이로 그의 명치를 때렸다.

"컥!"

펑! 하는 소리와 함께 날아가는 김춘서.

"오."

한영수는 스스로에게 감탄하며 목검을 내려다봤다.

'이래서 항상 기를 담아 공격하라는 거구나.'

'항상 기를 담아 공격하라고 했지!'라고 외치던 상혁의 목소리가 귀에 아른거렸다.

그렇게 감동하는 것도 잠시.

나머지 두 사람, 김태평과 최정배가 외쳤다.

"춘서야!"

"이 자식이!"

한영수는 지체 없이 움직였다.

상혁은 수련 도중 틈틈이 혼자서 다수를 상대하는 법을 가르쳐 주었다.

그래야만 전쟁터에서 살아남을 수 있었으니 말이다.

"적이 둘 이상일 때는 각개 격파를 해야만 해. 그러려면 네가 먼저 움직여야지."

상혁의 조언대로 한영수는 김태평을 먼저 보았다.

'자세 잡기 전에 먼저 친다!'

천뢰쌍검, 뇌백조(雷百爪).

"……!"

백 개의 손톱이 덮치자 김태평은 비명을 질렀다.

"으아아아악!"

온몸을 얻어맞고 날아가는 김태평.

남은 것은 최정배 하나였다.

"한영수우우우우!"

소리를 지르며 달려드는 최정배.

흥분한 한영수는 미소를 지으며 원 없이 초식을 펼쳤다.

천뢰쌍검, 만뢰(萬雷).

예전과는 차원이 다른 위력.

최정배 역시 일 합도 제대로 겨루지 못하고 날아갔다.

"하아, 하아."

한영수는 거친 숨을 몰아쉬며 쓰러진 친구들을 돌아봤다.

'난…… 강하다.'

광명대의 또래들이 너무 강했을 뿐.

한영수는 3개월 만에 엄청난 성장을 이뤄 낸 것이었다.

그렇게 감격한 한영수는 주먹을 불끈 쥐며 외쳤다.

"내가 바로 운성의 한영수다!"

기쁨에 포효하는 것도 잠시.

김춘서가 힘겹게 몸을 일으키며 말했다.

"크윽, 영약을 그렇게 처먹더니. 망할……!"

"영약이라니? 정직한 수련의 힘이라고. 네가 광명대 수련법을 알아?"

그 지옥 같은 수련법을 말이다.

하지만 김춘서는 인정해 주지 않았다.

"그래, 너 같은 놈들은 다 자기 스스로 해낸 줄 알지. 지금 좋아해 둬라. 어차피 곧 선인님들이 너를 가만히 안 둘 테니까."

그 말에 한영수는 표정을 굳혔다.

김춘서의 말대로 아직 싸움은 끝나지 않았다.

아무리 상혁이 괴물 같은 실력을 갖췄다고 하더라도 저들을 상대로 이길 수 있을 리가 없었다.

아니나 다를까.

한영수와 세 명의 허접들이 싸우는 것과는 차원이 다른 소리가 들려왔다.

평! 평! 평!

이윽고 폭발음이 사라지고 한영수는 이를 악물며 외쳤다.

"한상혁! 조금만 버텨라! 내가 간다!"

그때였다.

자욱한 먼지 사이로 한 남자가 걸어 나오며 말했다.

"뭐라고 했냐? 한영수."

자욱한 먼지 사이로 모습을 드러낸 이는 한상혁.

머리만 조금 헝클어졌을 뿐.

그의 몸에는 먼지 한 톨 묻어 있지 않았다.

멀쩡한 상혁을 본 김춘서는 믿을 수 없다는 듯 중얼거렸다.

"마, 말도 안 돼……."

놀란 건 한영수도 마찬가지였다.

'상혁이가 저렇게까지 강했다고?'

어떻게 10명의 초절정 고수를 이렇게 빨리, 그것도 상처 하나 없이 제압할 수 있단 말인가?

'그래, 내가 약한 게 아니었어.'

지금까지 옷깃 한 번 스치지 못한 이유가 있었다.

그런 생각을 하고 있을 때 상혁이 다가와 말했다.

"잘 처리했네. 많이 좋아졌는데?"

"어? 어. 그래, 고맙다."

이걸 칭찬받아 좋아해야 하는가?

상혁은 민망해하는 한영수의 가슴을 한 대 때리고는 김춘서에게 다가갔다.

"히익!"

김춘서는 괴물이라도 본 듯 놀라며 엉덩방아를 찧었다.

"오지 마! 오지 말라고!"

"왜? 아까는 죽여 보라며?"

상혁은 목검을 높게 든 뒤 말했다.

"소원대로 해 줄게."

엄청난 살기.

"내, 내가 잘못했어. 아니, 잘못했습니다. 한 번만 봐주세요."

무릎을 꿇고 비는 김춘서.

그러나 상혁의 살기는 줄어들 줄 몰랐다.

이윽고 검이 떨어지고 김춘서는 비명을 질렀다.

"한 번마아아아안!"

눈을 뒤집어 까며 기절하는 김춘서.

그의 이마 앞에서 검을 멈춘 상혁은 어깨를 으쓱하며 말했다.

"얘 오줌 지렸는데."

그 광경을 본 한영수는 진심을 담아 말했다.

"……용서해 줘서 고맙다. 상혁아."

"갑자기 또 뭐야?"

"아니, 그냥 다시 한번 용서를 빌고 싶었어."

왠지 그래야 할 것만 같았다.

"야, 거기 둘. 기절한 놈 챙겨라. 또 의리 없게 배신하지 말고."

"네! 네, 그러겠습니다. 한 가주님."

상혁은 자신을 가주라고 부르는 김대평과 최정배를 한심하게 바라보다 말했다.

"우리도 슬슬 출발하자."

"그, 그래야지."

이번 과제의 목표는 어디까지나 한영수를 표물과 함께 산정상으로 올리는 것이다.

"표물 챙길게. 이준 선배가 안에 있지?"

상혁이 고개를 끄덕이자 한영수가 외쳤다.

"이준 선배! 다 끝났습니다!"

하지만 대답이 없다.

한영수는 미간을 찌푸리며 오두막 안으로 향했다.

"다 끝났다니까요! 표물 가지고 나오세요!"

역시나 대답이 없다.

'설마?'

불안감이 엄습해 온다.

한영수는 오두막으로 달려가 문을 열었다.

"이준 선배!"

난장판이 된 오두막.

그 안에 만신창이가 된 정이준이 흐느끼고 있었다.

"크흑!"

"선배?"

"빼앗겨 버렸어! 미안하다. 영수야! 선배가 못나서!"

"빼앗기다뇨? 그게 무슨 소리입니까?"

"선배가 미안하다아아아!"

표물을 빼앗긴 것인가?

도대체 어떻게?

한상혁에게는 육감이 있어 다가오는 적을 전부 감지할 수 있었을 텐데 말이다.

'설마 선인들이랑 싸우느라 정신이 팔려서⋯⋯.'

한영수가 하얗게 질리는 순간 상혁이 한숨을 쉬며 말했다.

"정이준. 한영수 그만 놀리고 민주랑 합류해라."

상혁의 말이 끝나기가 무섭게 정이준은 아무 일 없던 것처럼 표정을 바꾸며 말했다.

"넵! 선배님. 놈은 저쪽으로 도망쳤습니다."

"그래, 난 적당히 추격하다 돌아오마."

"수고하십시오!"

어디론가 사라지는 한상혁.

한영수는 그런 사촌을 보며 중얼거렸다.

"저기, 선배. 지금 무슨 상황입니까?"

"무슨 상황이긴."

정이준은 천으로 눈물을 찍어 닦으며 말했다.

"저놈들이 우리 대장님 손바닥에서 노는 상황이지."

누가 설명 좀 해 줬으면 하는 한영수였다.

◆ ◈ ◆

암부의 암살자.

정철은 나무에 숨어 전투 상황을 살폈다.

그가 받은 명령은 단 하나였다.

'만약 한상혁이 용병들을 전부 처리할 거 같다면 그사이 표
물을 확보해라.'

상혁의 무위(武威)는 알음알음 왕국에 퍼져 나가고 있었다.

그렇기에 한태규 또한 최악을 상정한 것이었다.

'날로 먹을 수 있을 줄 알았는데.'

초절정 고수 10명이 질 리가 없으니 말이다.

하지만 안일한 생각이었다.

'광명대는 항상 기적을 일으킨다더니.'

한상혁은 10명의 초절정 고수를 상대로 압도하고 있었다.

천뢰쌍검, 뇌백조(雷百爪).

한상혁이 들고 있는 목검에서 푸른 기운이 뻗어 나가 대지
를 찢었다.

모두 운성 출신인 만큼 전부 같은 초식을 사용하고 있었으나 위력만큼은 차원이 달랐다.

콰콰콰콰콰쾅!

"크악!"

"모두 피해라!"

정철은 긴장한 듯 침을 삼켰다.

'괴물이네.'

저 나이에 저 경지가 가능하긴 한 것일까?

내공 수준만 보더라도 최소 초절정 완숙 수준에 다다른 것만 같았다.

아무리 초입이라고 하더라도 초절정의 고수 10명이 상대가 안 될 정도였으니 말이다.

게다가 놀라운 건 내공뿐만이 아니었다.

'단 한 대도 맞지 않는군.'

한상혁의 움직임은 역설적이게도 너무나도 기괴하면서 아름다웠다.

여덟 방향에서 동시에 공격이 들어와도 단 한 번의 움직임으로 피해 냈으며 자연스럽게 반격으로 이어 갔다.

신에 경지에 오른 신법(身法).

임무도 잊고 상혁의 움직임을 바라보던 정철은 자신이 아는 가장 강한 인물을 떠올렸다.

'지영학 님과 붙어도…….'

정철은 그렇게 생각하다 고개를 흔들었다.

'내가 무슨 생각을 하는 거야? 그 괴물이 질 리가 없잖아.'

하지만 한 가지는 확실했다.

'이건 한상혁이 이겼군.'

한태규의 걱정이 그저 기우는 아니라는 것이다.

그렇다면 여기서 정철이 선택할 수 있는 건 두 가지였다.

한영수를 제압하거나 아니면 표물을 확보하거나.

'하지만 한영수도 강하다.'

한영수 역시 세 명의 무사를 상대로 압도하는 상황이었다.

'최소 절정은 되는군.'

보고에 따르면 일류도 안 된다고 들었는데 말이다.

한영수의 수준을 확인한 정철은 그를 제압하는 걸 포기했다.

그를 죽일 수 없기 때문이었다.

'아무리 그래도 운성을 죽이는 건 안 되지.'

신권대회에서 운성 가문 출신의 참가자가 죽는 것은 그들을 도와주는 동료나 용병이 죽는 것과는 차원이 다른 이야기였다.

정철은 기습으로 사람을 죽이는 것에 특화된 암살자.

적을 제압하는 기술 같은 건 배운 적이 없기에 절정 고수인 한영수를 단순 제압하기는 위험 부담이 있었다.

'그렇다면 표물이다.'

정철은 오두막으로 시선을 돌렸다.

한영수와 한상혁의 움직임으로 미루어 보아 저 오두막 안에 표물이 있는 것이 분명했다.

생각을 마친 정철은 한상혁 몰래 오두막의 문을 열고 안으로 들어갔다.

고요한 오두막 안.

그 중앙에는 황금 포대기로 쌓인 표물이 있었다.

'역시.'

오두막 안에 보호하고 있었다.

그렇게 정철이 표물로 향하는 순간이었다.

"여기까지 오다니 굉장하군. 후훗."

온몸에 소름이 돋은 정철이 뒤돌아봤을 땐 한 남자가 서 있었다.

한 손으로 이마를 짚은 남자는 고개를 절레절레 흔들며 오만한 표정을 지었다.

"하지만 나 정이준이 지키고 있을 줄은 몰랐겠지."

"……."

긴장한 정철은 침을 삼켰다.

'인기척도 느끼지 못했다.'

암살자인 자신이 인기척도 느끼지 못할 정도의 고수.

'당연히 그렇겠지.'

표물을 지키는 마지막 방패를 약한 자에게 맡겼을 리는 없으니 말이다.

정이준은 자세를 잡으며 말했다.

"나의 철권에 맞아 아스러지거라. 흐압!"

달려드는 정이준.

정철은 화들짝 놀라며 나무 단검으로 정이준의 어깨를 찔렀다.

퍽!

"꾸에에엑!"

어깨를 부여잡고 뒹구는 정이준.

정철은 당황한 얼굴로 그를 바라봤다.

'뭐야?'

너무 약하잖아?

충격적인 약함에 정철이 넋을 놓은 사이 정이준이 몸을 일으켰다.

"기습하다니. 이 나쁜……!"

정면 대결이었는데?

"하지만 이 표물을 가져가려면 날 죽여야 할 것이다!"

정이준은 살기를 띠며 달려들었다.

그러나 너무 약하다.

긴장이 풀린 정철은 그대로 정이준을 발로 차 날리고는 표물을 챙겼다.

"광명대에 이런 놈이 있었을 줄이야."

분명 비교적 최근에 합류한 막내가 있다고 했는데 아무래도 그놈인 것만 같았다.

"안 돼…… . 내줄 수 없다."

정철은 고통에 신음하며 기어 오는 정이준을 내려다보았다.

'그냥 죽일까?'

아니, 괜히 긁어 부스럼을 만들 필요는 없다.

바깥의 상황도 거의 정리되었으니 빠르게 빠져나갈 필요
가 있다.

정철은 황금 포대기를 짊어 메고는 말했다.

"운이 좋은 줄 알아라."

정이준은 정철을 향해 손을 뻗으며 절규했다.

"안 돼에에에에에에!"

안 되기는 무슨.

정철은 정이준을 비웃고는 재빨리 멀어졌다.

언제 한상혁이 쫓아올지 모르니 말이다.

하지만 경공에는 자신이 있었다.

평생을 은신술과 경공에 바쳤으니까.

그렇게 도망치기를 한참.

정철은 고개를 돌려 보았다.

역시 따라오지 않는다.

아무리 고수라고 하더라도 이미 거리를 벌린 자신을 따라
오는 건 쉽지 않은 일이었다.

하지만 안도도 잠시.

저 멀리서 한상혁이 다가오는 것이 느껴졌다.

'그러면 그렇지.'

술래잡기 시작이다!

그렇게 생각하며 달릴 때였다.

"뭐 하냐?"

어느새 한상혁이 바로 뒤까지 따라온 것이었다.

"……!"

정철은 눈을 동그랗게 뜨고 속도를 올렸다.

그러나 상혁은 바로 옆에서 자신과 함께 나란히 달리고 있었다.

'망할! 경공의 수준이…….'

자신보다 위다.

이대로 도망치는 것은 불가능.

하지만 다행히도 사전에 정해 둔 표물 처리 장소에 도착할 수 있었다.

급류가 흐르는 절벽 밑.

정철은 망설임 없이 표물을 집어 던지고는 외쳤다.

"늦었다. 한상혁."

한상혁의 무공 수준이 아무리 높다 한들 이 싸움은 자신의 승리다.

승리감에 고취된 정철은 미소와 함께 웃었다.

"직접 급류에 들어가서 꺼내 오든지. 이미 흘러갔겠지만."

상혁은 슬쩍 절벽 아래를 살폈다.

"그러네. 급류가 빠르네. 근데 너 내용물은 확인했냐?"

내용물?

정철이 멍청하게 서 있자 상혁이 말했다.

"저거 우리가 준비한 가짜거든."

"뭐? 지금 뭐라고……?"

"놋그릇이야. 저거."

속은 것인가?

암부인 자신이 무공밖에 모르는 이런 애송이들한테?

아니다. 허세다.

허세가 분명했다.

그렇게 생각할 때였다.

"왜? 거짓말 같아?"

"무슨 말도 안 되는…….'

그 순간 순식간에 거리를 좁힌 상혁이 정철의 배를 찼다.

"못 믿겠으면 직접 들어가서 확인해 봐."

상혁은 떨어지는 정철을 바라보며 중얼거렸다.

"내 후배 건드린 죄다."

그렇게 상혁의 임무는 끝이 났다.

◆ ◈ ◆

"그렇게 된 거야."

정이준의 설명을 들은 한영수는 무슨 표정을 지어야 할지 몰랐다.

"그러니까 일부로 졌다고?"

"너 말이 짧다? 내가 이 한 몸 버려 가며 낚았는데."

"아니, 아니. 일부로 졌다고요?"

정이준은 장난기 가득한 얼굴로 웃다가 어깨를 짚었다.

"아야야, 이거 엄청 세게 찔렀네."

최악을 상정하고 작전을 짠 것은 이서하도 마찬가지였다.

"우리 위대한 대장님의 작전이지. 그리고 진짜 표물은……."

박민주.

그녀가 가지고 있었다.

"다 끝났어?"

약속 장소로 이동하자 박민주가 나무 위에서 나타났다.

그녀의 등에는 갈색 포대기가 매어져 있었다.

"완벽하게 낚았습니다. 민주 선배."

"그래, 잘했어. 이준아."

박민주는 한영수에게 시선을 돌리며 말했다.

"그럼 가 볼까? 정상까지 가야지 점수 따잖아."

"어? 응."

한영수는 침을 삼켰다.

"그런데 우리 셋이?"

"응. 우리 셋이. 뭐 문제 있어?"

"아니, 그게……."

박민주, 정이준, 그리고 한영수.

이건 광명대 최약체 삼인방 아닌가?

적어도 한영수는 그렇게 생각하고 있었다.

"여기 마수가 되게 많아."

"에이, 너 나 되게 얕보는구나? 하긴 내가 영수 앞에서는 실력을 보여 준 적이 없긴 하지. 맨날 뒤에 숨어 있었으니까."

박민주는 팔짱을 끼고 고개를 끄덕이다 한영수의 어깨에 손을 올렸다.

"이 누나만 믿어라. 그럼 뒤처지지 말고 잘 따라와."

그 말을 끝으로 박민주는 앞으로 달려 나갔다.

한영수는 반신반의하며 정이준에게 물었다.

"민주 강한 거 맞습니까? 싸우는 거 본 적 있어요?"

"싸우는 걸 볼 수 없지."

정이준은 대수롭지 않게 말했다.

그리고 그 순간. 하늘에서 마수 세 마리가 급강하하는 것이 눈에 보였다.

한영수는 앞서 달려가는 민주를 향해 외쳤다.

"민주야! 위……!"

그리고 그 순간.

박민주는 보지도 않고 하늘을 향해 화살 하나를 쏘았고 그것은 마치 살아 있는 것처럼 마수의 머리를 꿰뚫었다.

세 마리의 마수가 동시에 땅에 떨어졌고 한영수는 머리를 감싸 쥐었다.

'뭐야……?'

화살은 아직도 하늘을 맴돌고 있었다.

"정신 똑바로 차리고 가자. 막내들아."

뒤를 돌아보며 미소 짓는 박민주.

그녀는 더 이상 한영수가 알고 있던 소심한 민주가 아니었다.

그리고 그 순간 긴장한 탓인지 한영수의 심장이 마구 뛰기 시작했다.

'긴장하지 말자. 긴장하지 말자.'

긴장한 탓이라며.

그렇게 스스로에게 말하는 와중에도 한영수는 민주의 뒷모습에서 눈을 뗄 수가 없었다.

Chapter 85.

Chapter 85.

한태규는 한곳만을 응시했다.

'왜 신호가 오지 않는 거지?'

이서하의 미소가 너무나도 마음에 걸렸다.

'작전은 완벽했을 텐데.'

누구든 작전에 성공한다면 불꽃을 연속으로 두 번 쏘아 올리기로 사전에 약속해 놓았다.

작전 성공 신호가 올라가는 순간부터 굳이 신권대회를 이어 갈 필요는 없으니 말이다.

그냥 표물을 이서하에게 넘겨주고 집에 가서 따뜻하게 누워 자도 될 테니 말이다.

그러나 불꽃이 올라오지 않는다.

한태규는 손톱을 물어뜯으며 중얼거렸다.

"실패한 건가?"

그럼 한영수가 지금 산을 오르고 있단 말인가?

'만약 한영수가 먼저 도착하고 이서하의 부하들이 길목을 막아 기습을 준비한다면?'

이제 옆에 지영학만이 남은 한태규는 불안할 수밖에 없었다.

지영학은 소문대로 강했다.

왕국 내에서도 손에 꼽히는 고수 이서하와 유아린을 상대로도 절대 밀리지 않았으니까.

하지만 밀리지 않는 것만으로는 부족했다.

'지영학이 고수인 건 알겠어. 50만 냥의 이유를 알겠다고. 하지만······.'

왜 압도하지 못하는가?

50만 냥이나 냈다면 저 작은 광명대 정도는 혼자 박살 내고 한영수까지 잡아 대령해야 하는 거 아닌가?

한태규는 타는 입술을 적시며 생각했다.

'이러다가 광명대원이 전부 모인다면?'

지영학이 지는 거 아닌가?

만약 지영학마저 쓰러진다면 정말로 끝이었다.

그렇게 생각하던 한태규는 고개를 흔들었다.

'아니야. 광명대원들도 크게 다쳤겠지. 다쳤을 거야.'

하지만 확실하진 않지 않은가?

만약 생각보다 한상혁이 강해 10명의 용병이 전부 진다면?

불안한 생각이 계속해서 엄습해 왔다.

그리고 그 불안감은 이서하에 대한 분노로 변질되었다.

'이서하. 이 개자식.'

외부인이 운성의 신권대회에 참가해서 일을 이렇게 만들다니.

그래도 아직 기회는 있었다.

지금이라도 지영학이 이서하와 유아린을 제압하면 된다.

그렇게 생각하는 순간.

"뭐 하는 건가! 돈값을 하라고!"

한태규의 초조함이 폭발했다.

지영학.

무패(無敗)의 투왕(鬪王).

그 무명은 허투루 붙은 것이 아니었다. 그와 몇 합을 겨룬 뒤 물러난 아린이는 미간을 찌푸리며 말했다.

"빈틈이 전혀 나오지 않네."

"거의 소자현급이야."

지영학의 내공 수준은 폭주하기 직전의 소자현 정도인 것만 같았다.

거기다 기술까지 완벽하다.

'극양신공을 사용해도 될까 말까인데.'

아쉽게도 지금의 난 극양신공을 사용할 수가 없다.

이게 다 이 망할 목검 때문이다.

'철검도 몇 합 못 버티는데 목검이 버틸 수 있을 리가 없잖아. 이게 무슨 신수(神樹)로 만든 검도 아니고.'

백두검귀와 싸웠을 때.

나는 철검을 들고 있었다.

당시 내 극양신공이 미약했음에도 불구하고 그조차 버티지 못하고 녹아내리지 않았던가?

그런데 화경에 경지에 올라온 내가 목검에 양기를 불어넣는다?

한 합만 버텨도 기적이랄까?

'그냥 바로 폭발해 버리겠지.'

목검이 사라지면 나는 기술적으로 잉여 전력이 되어 버린다.

내 재능에 다른 무공까지 병행할 수는 없는 법.

무공이라고는 검술만 미친 듯이 수련했으니 말이다.

'그럽네.'

너무나도 익숙해진 나의 애검.

천광이 보고 싶다.

신세 한탄은 여기까지만 하고 난 현실을 직시했다.

'한 번 극양신공을 사용한 공격이 가능하다고 한다면……'

그것이 나의 마지막 기회가 될 것이었다.

신중하게 다가가자.

어차피 시간은 우리 편이었으니 말이다.

"천천히 각을 보자. 분명 언젠가 허점이 나올 거야."

그때였다.

"뭐 하는 건가! 돈값을 하라고!"

한태규가 분노에 차 외쳤다.

난 갑작스럽게 분노를 보이는 한태규를 쳐다봤다.

'초조한가 보네.'

양동 작전을 짰다면 분명 임무 성공 신호 같은 것도 미리
준비해 놓았을 것이다.

그러나 지금까지 눈에 띄는 신호는 그 어떤 것도 없었다.

'한마디로 일이 잘 안 풀린다는 거지.'

수비대 쪽이 일을 잘하고 있는 모양이다.

한태규가 폭언했음에도 지영학은 별 반응을 보이지 않았다.

슬쩍 보고 무시할 뿐.

운성 놈들 개념 없는 게 하루 이틀은 아니니 저 반응도 이
해할 수 있었다.

'한태규의 저 행동이 좋은 변수일까? 아닐까?'

지금까지는 양측 다 전력이 아니었다.

나는 진검이 아닌 목검을 써야 하는 상황.

지영학은 뒤에 있는 한태규를 지켜야 하는 상황이었기 때
문이다.

양측 다 소극적이라면 빈틈이 나오지 않을 수밖에.

지영학이 그렇게 무시하며 나와 아린이의 움직임을 주시할 때 한태규가 다시 한번 외쳤다.

"내가 너한테 쓴 돈이 자그마치 50만 냥이라고! 50만 냥! 빨리 죽여 버려!"

그 순간 지영학이 크게 숨을 들이쉬고는 말했다.

"지금 그 말 후회 없겠는가? 한태규 지부장."

엄청난 살기다.

하지만 조급해진 한태규는 고개를 끄덕일 뿐이었다.

"내 말대로 해라. 이서하를 죽여 버려."

"하아, 돈 받고 일하기 힘드네."

지영학은 쓸쓸하게 웃다가 나를 바라보며 미소를 지었다.

"후회가 없다면 명령에 따라 줘야지. 내가 돈값을 해야 해서."

나는 자세를 바로잡았다.

"들어와 보시죠."

그 순간 지영학이 앞으로 돌진해 오고 그 앞을 아린이가 막았다.

기회가 온 것이다.

단 한 방.

단 한 방에 모든 것을 걸 생각이었다.

지영학과 아린이의 손과 발이 뒤엉키고 나는 기회를 엿보았다.

이윽고 아린이가 지영학한테 밀리며 외쳤다.

"지금!"

그녀의 왼손 중지에 끼워져 있던 반지에서 한기가 뿜어져 나왔다.

빙후의 반지.

대기조차 얼어붙게 만드는 한기가 지영학의 양다리를 얼린다.

나는 그 틈을 놓치지 않고 달려들었다.

일검류, 용섬(龍閃).

황금빛 섬광이 지영학의 팔을 향했다.

그러나 목검이 지영학을 채 타격하기 직전.

펑! 하는 소리와 함께 목검이 산산조각 나 흩날린다.

'망할.'

제대로 들어가지 않았다.

한 합도 못 버티고 목검이 터져 버린 것이었다.

그사이 다리가 풀린 지영학이 나의 복부를 강하게 걷어찼다.

그러나 나는 미소를 지었다.

'가라.'

내 뒤를 따라온 주지율이 옆으로 파고들었기 때문이다.

'지율아.'

지영학은 지율이를 무시하는 경향이 있었다.

이해가 안 가는 것은 아니다.

지율이가 아무리 구룡창법을 익혔다고 하더라도 지영학에게는 큰 위협이 되지 않을 테니까.

하지만 한태규에게는 어떨까?

지영학의 옆으로 빠져나간 지율이는 바로 창을 휘둘렀다.

구룡창법(九龍槍法), 제1식, 풍뢰룡(風雷龍).

바람처럼 유연하게, 하지만 번개처럼 강력한 찌르기.

한태규는 놀란 눈으로 재빨리 몸을 움직였다.

"크흡."

나름 선인이라고 반응하는 한태규.

하지만 무의미한 발악이었다.

'저 일격(一擊)만큼은 수준이 다르니까.'

범인, 아니 재능이 없는 주지율이 완성시킨 최강의 일격 중 하나였다.

한태규가 움직이는 대로 따라 들어간 창은 정확히 한태규의 무릎을 때렸다.

"크아아아악!"

퍽! 하는 소리와 함께 무릎이 박살 나고 주지율은 한태규가 떨어트린 표물을 집어 들고 달리기 시작했다.

한태규는 무릎을 잡고 바닥을 뒹구는 와중에도 지영학에게 외쳤다.

"표물! 표물을 지켜!"

하지만 지영학은 흥미가 떨어진 듯 말했다.

"그러게 내가 후회하지 않을 거냐고 물어봤는데 말이야."

지영학은 나를 슬쩍 돌아보고는 말했다.

"잠시, 대화 좀 하고 올 테니 기다려라."

뭐가 저렇게 침착해?

임무에 실패했으면 조금 더 화를 내야 하는 거 아닌가?

화는커녕 지영학의 얼굴에는 후련함이 보일 정도였다.

내가 고개를 끄덕이자 지영학은 한태규에게 다가가 말했다.

"아이고, 지부장님. 그러니까 수비적으로 해야 한다니까. 저 친구들이 그렇게 약한 친구들이 아니더라고."

"뭐? 그게 지금 할 말이야? 표물, 표물 확보해라. 명령이다!"

"명령은 좋은데 이미 끝났어."

지영학은 한태규의 무릎을 슬쩍 보고는 말했다.

"이거 완전히 부서진 거 같은데. 저 녀석도 가차 없네. 우리 지부장님 똑똑하니까 한번 생각해 봐. 이번 과제의 목표가 뭐였지?"

참가자가 표물을 가지고 목적지에 도착한다.

이는 가주로서 보물을 운반하거나 혹은 다른 가문을 순행할 때 스스로의 안전을 지킬 수 있는지 없는지를 판단하기 위함이었다.

한마디로 말해…….

"이 상태로 도착해 봤자 탈락이라는 거지."

대운성의 가주가 습격자한테 무릎이 부서진 채로 목적지

에 도착한다?

그건 그거대로 탈락이다.

"그런데 귀찮게 표물을 왜 가져가나. 그리고 빨리 가서 뼈 안 맞추면 당신 평생 병신으로 살아야 할 수도 있어."

"내, 내가 너한테 얼마를……."

"얼마를 썼든, 명령은 당신이 내렸잖아? 난 다시 한번 물어 봤다고."

후회하지 않겠느냐?

그것이 이 뜻이었다.

'저 인간.'

주지율을 그냥 보낸 건가?

'하긴 막으려면 막을 수도 있었겠지.'

내 목검이 타격도 전에 터져 버렸으니 말이다.

"그러니까 쉬어. 이 정도로 흥분한 당신 그릇을 탓하라고."

"……이 개자식이."

지영학은 한태규의 목덜미를 때려 기절시켰다.

어느 정도 상황은 끝난 것으로 보인다.

나는 지영학에게 말했다.

"그럼 이제 우리는 싸울 필요가 없는 거 같은데요. 그만 가 봐도 되겠습니까?"

과제는 끝났다.

설마 지영학이 한태규에게 충성한답시고 한영수를 막겠다

고 하지는 않겠지.

암부의 무사에게 그런 의리가 있을 리가 없었다.

"그래, 그래. 가 봐라. 어차피 의미 없었거든. 목검이 뭐냐? 목검이."

의미?

고용된 용병이 이 싸움에서 의미 같은 걸 찾고 있었던 건가?

지영학은 한태규를 집어 들고는 말했다.

"나중에 진검으로 붙어 보자고."

"……."

별로 그러고 싶지는 않았다.

그래도 챙길 건 챙겨야지.

나는 떠나려는 지영학을 붙잡았다.

"저기요."

지영학이 돌아보고 나는 미소와 함께 말했다.

"괜찮으시다면 한태규 호패 좀 던져 주실래요? 그게 좀 필요할 거 같아서."

탈락의 증표로 말이다.

◆ ◈ ◆

해운산(海雲山) 정상.

한백사는 한 관리와 함께 바둑을 두었다.

오랫동안 한백사의 옆에서 두뇌 역할을 해 온 관리.

신경호였다.

한백사와 같이 백발의 노인은 한 수, 한 수 둘 때마다 입을 쉬지 않았다.

"그러면 태규가 이기겠군요. 가주님이 그렇게 뒤를 봐주셨으니."

"그렇겠지."

"영수를 한 번 더 용서해 주시는 건 어떻습니까? 그래도 스스로 뭔가를 해 보겠다는 건 자랑스러워해야 할 일 아닙니까?"

"능력이 된다면 그렇겠지."

한백사는 오랜 친구이자 부하를 슬쩍 바라보고는 바둑알을 집어 들었다.

"넌 영수가 이 운성을 만들어 나갈 수 있을 거라고 보는가?"

"유지는 가능할 겁니다."

"유지란 말은 나쁘게 말해 고인다는 뜻이다. 고이면 뒤처지는 것이고. 그러면 운성은 금방 무너지겠지."

한백사는 혀를 찼다.

"역사상 위대했던 가문 중 200년 이상 그 위엄을 지켜 온 가문은 손에 꼽지."

운성 또한 한백사가 어렸을 때는 이름뿐인 4대 가문이 될 뻔했다.

"200년이라는 게 긴 시간처럼 들리지만 끽해 봤자 내 손자가 늙어 죽을 때 즈음 아니겠는가? 그건 턱없이 짧은 시간이지."

유지는 안 된다.

계속해서 더 강해져야 한다.

"난 이강진과 경쟁해야 했고 그렇기에 무(武)를 포기했다."

대신 왕국의 경제권을 확보해 누구도 운성을 무시할 수 없게 만들었다.

"내가 조금 더 살아야 하는데 말이야."

한백사는 한숨을 내쉬었다.

그러나 신경호의 생각은 달랐다.

'너무 확장했지.'

운성은 너무나도 비대해졌고 많은 것들이 한백사의 손아귀를 벗어난 상태였다.

운성 밑의 수많은 가문이 어떻게든 더 이득을 보기 위해 서로 경쟁하기 시작했고 어떤 이들은 그 틈을 이용해 자기들만의 세력을 형성해 나갔다.

한백사에게 이를 조언하지 않았던 것도 아니었다.

그러나 그때마다 한백사는 대수롭지 않게 넘겼다.

자신이 가주 자리에 있는 한 분열은 절대 일어나지 않을 거라면서 말이다.

맞는 말이다.

그러나 그건 한백사가 가주 자리에 있을 때까지의 일이다.

'가주님 말대로다.'

대가문의 번영은 200년 이상을 유지하기 힘들다.

'같은 방법으로는……'

한백사가 지금의 운성을 만들었다면 그것을 안정시킬 지도자도 필요했다.

'한태규는 그런 유형의 지도자가 아니다.'

위험을 감수하고서라도 더 확장하면 확장했지 안정 따위는 생각도 안 하는 자였다.

하지만 한영수는 다르다.

'오히려 안정시키는 쪽으로는 한영수가 나을 수도 있다.'

물론 이서하가 있다는 전제하에 말이다.

'곧 폭풍이 몰아치겠지.'

왕자 둘 사이에 긴장감이 고조되는 상황에서 운성 또한 하나를 선택해야만 했다.

그리고 운성은 현재 신태민 측을 선택한 상황이었다.

하지만 신경호의 생각은 달랐다.

'신유민 저하가 이길 것이다.'

이서하의 존재 때문이었다.

이서하는 한 명 이상의 존재감을 가지고 있었다.

그가 곧 신평이고, 그가 곧 이강진이었으며, 그가 곧 계명이었으니까.

'반면 신태민 세력은 점점 작아지고 있다.'

수도만 한정한다면 신태민이 강하나 이미 저울추는 신유

민 쪽으로 기울었다.

그리고 만약 한영수가 소가주가 된다면 운성도 자연스럽게 신유민 세력에 합류할 것이었다.

물론 그것도 이번 신권대회에서 우승했을 때의 일이었다.

'뭐, 영수도 이서하도 이 정도 시련을 못 이겨 낸다면 굳이 모험을 걸 필요 없다.'

승산은 희박하다.

누가 봐도 한태규의 전력이 더 강했으니 말이다.

하지만 만약 그 불리함을 이겨 내고 한영수와 이서하가 신권대회에서 우승한다면 그때는 인생의 마지막을 불태워도 될 것만 같았다.

그렇게 생각하는 순간이었다.

"누군가 올라오고 있습니다!"

호위 무사 한 명이 달려와 보고했다.

"벌써? 빠르구나."

한백사는 자리에서 일어나며 말했다.

"한태규 지부장이 올라온 모양이군. 일단은 축하해 주자고."

신경호는 고개를 끄덕이며 다가갔다.

'결국 가주님의 생각대로인가?'

이윽고 저 아래에서 여자의 목소리가 들려왔다.

"체력 단련 더 하라고 했지! 둘 다 실망이야."

이윽고 활을 든 한 소녀가 올라오더니 화들짝 놀라며 말했다.

"어! 다 나와 계셨네요? 야! 빨리 와."

그렇게 손짓하고는 허리를 숙인다.

"안녕하십니까. 한 가주님. 신평의 박민주입니다. 아이참!"

박민주는 얼른 내려가 한영수를 끌고 올라왔다.

이윽고 한영수가 올라왔다.

산행한 탓에 조금은 지쳐 보였으나 상처 하나 없다.

한영수는 짊어지고 온 황금 두꺼비를 꺼내 보이며 한쪽 무릎을 꿇었다.

"운성의 한영수. 이제 막 도착했습니다. 가주님."

한백사는 놀란 얼굴로 한영수를 내려 보다 무미건조하게 말했다.

"……그래, 수고했다. 다른 참가들이 도착할 수도 있으니 조금 기다려라."

아직 끝난 것이 아니라는 소리였다.

한태규가 꼴찌로라도 무사히 들어오면 그의 승리니 말이다.

할아버지의 생각을 읽은 한영수는 씁쓸한 얼굴로 고개를 끄덕였다.

그때였다.

"다른 참가자는 없습니다."

이서하가 위풍당당하게 정상으로 올라왔다.

"다 탈락했거든요."

참가자들의 호패를 바닥에 뿌린 이서하는 미소를 지었다.

이서하를 본 한백사는 이마에 핏대를 세우며 말했다.

"이서하……!"

신경호는 한백사를 대신해 호패를 확인했다.

"참가자 전원의 것이 맞습니다."

실로 놀라웠다.

정말로 모두를 탈락시키고 저도 멀쩡히 올라올 줄이야.

신경호는 이서하와 눈을 마주친 뒤 고개를 끄덕였다.

그것만으로도 이서하는 제 뜻을 알아들었을 것이었다.

이서하와 눈빛을 교환한 신경호는 한영수의 앞으로 가 한 쪽 무릎을 꿇으며 말했다.

"수고했습니다. 소가주님."

새로운 주인에게 첫인사를 드리는 신경호였다.

해운산(海雲山) 정상은 소문대로 아름다웠다.

혼자만 이런 경치를 즐기면서 술을 마셨던 건가?

"승리의 맛이구나."

달다. 달아.

호패를 보고 나서도 한백사는 말없이 산꼭대기 사찰에 틀어박혔다.

패배의 맛은 쓰디쓸 테니 이해를 해 주자.

그나저나 지영학 그놈이 일부러 한태규를 우리한테 준 느낌이 든다.

　'지율이가 잘 파고들긴 했지만.'

　내 목검이 폭발하는 바람에 막히는 줄 알았는데 말이다.

　'결과는 좋으니 그냥 넘어가자.'

　지영학이 무슨 생각을 하고 있는지는 중요하지 않다.

　운성 분열에 성공했으니까.

　그리고 때마침 한 노인이 나에게 다가왔다.

　한영수에게 소가주라 불렸던 바로 그 노인이었다.

　"실례 좀 하겠습니다. 이서하 선인님."

　나는 미소를 지으며 고개를 끄덕였다.

　여기까지 한백사와 함께 올라온 것을 보면 상당히 높은 관리인 것만 같았다.

　"저는 신경호라고 합니다."

　신경호.

　나는 기억을 더듬어 보았다.

　머릿속의 서고를 뒤져 운성 주요 인물을 찾아본 나는 쉽게 신경호라는 이름을 떠올릴 수 있었다.

　'이 사람이 한백사의 머리구나.'

　젊은 시절 한백사와 함께 온갖 더러운 짓을 하며 운성을 여기까지 올린 공신 중 하나였다.

　그나저나 완벽하게 한백사의 사람이라고 할 수 있는 자가 왜 나를 찾아왔을까?

한영수를 바로 소가주라고 부르는 것부터 조금은 이상했다.

'한백사가 또 다른 수를 쓰는 것일까?'

의심은 해 볼 만하다.

나는 일단 호의적으로 그를 맞이했다.

"반갑습니다."

"이번 신권대회로 선인님의 실력은 아주 잘 보았습니다. 소문대로더군요."

나와 악수를 한 그는 옆에 서며 말을 이었다.

"하지만 반쪽짜리 승리일 뿐이죠."

정곡이었다.

"맞습니다. 반쪽짜리 승리죠."

신권대회에서 우승해 정식으로 소가주가 된다고 한영수가 운성을 지배할 수 있을 리가 없었다.

정치적 기반이 없으니까.

이제 막 정치권에 발을 들인 한영수의 편은 그 어디에도 없다고 볼 수 있었다.

그나저나 이 사람이 이렇게 대놓고 반쪽짜리 승리라고 말하는 이유는…….

"제가 나머지 반을 챙겨 드리죠. 어떻습니까?"

"……."

생각보다 거물이 걸어 들어왔다.

누군가 접근해 올 줄은 예상하였다.

'권력욕이 있는 누군가라면 이 기회를 놓치지 않겠지.'

한영수를 지지한다는 건 일생일대의 도박과 같았다.

성공만 한다면 운성을 마음대로 할 수 있는 실질적 최고 권력자가 될 수 있을 것이다.

뭐 실패해 봤자 죽기보다 더하겠는가?

고작 목숨을 걸어 운성을 먹을 수 있다면 값싼 도박인 셈이지.

'그런데 왜 신경호가?'

이미 이룰 것을 전부 이룬 신경호가 말년에 이런 도박 수를 던질 이유가 있나?

그것도 한영수의 우승이 확정되자마자?

'오랫동안 이런 기회만을 노렸다는 뜻인데.'

그렇게 생각을 마친 나는 고개를 끄덕였다.

"괜찮으시겠습니까? 한 가주님과 오랜 친구라고 들었는데요."

"하하하, 오랜 동료였죠."

신경호는 껄껄껄 웃더니 말했다.

"하지만 목적이 다른 자와 계속해서 동료일 수는 없지 않습니까? 전 신유민 저하가 이길 것으로 생각합니다."

그리고는 나를 바라보며 말했다.

"최선을 다해 뒤를 봐 드리겠습니다. 운성이 선인님의 행사를 방해하는 일은 이제 없을 겁니다."

"듣던 중 반가운 소리네요. 하지만 당연히 원하시는 대가

가 있겠죠?"

"기존 운성의 주력 사업에서 은악상단은 뒤로 빠져 주셨으면 합니다. 굳이 경쟁할 필요는 없지 않습니까?"

나는 신경호를 바라보고는 미소 지었다.

은악상단을 예의 주시하고 있었구나.

신경호는 이대로라면 운성이 무너질 거라고 판단한 것이다.

'능력 있네.'

그의 생각대로 만약 신유민 저하가 권력을 잡으면 운성은 쇠퇴할 것이었다.

은악상단이 운성을 대신할 테니까.

즉, 신경호는 나와 친분을 쌓는 것으로 운성을 지키려는 것이었다.

그렇다면 여기서 생각해야 하는 것은 한 가지.

이 사람을 믿을 수 있는가?

'한백사와 오랫동안 함께한 것만으로도 착한 사람이라고 볼 수는 없다.'

하지만 나에게 필요한 건 윤리적으로 올바른 사람이 아니다.

필요한 건 누구보다 목적이 뚜렷한 사람.

그러면서도 한영수의 배후가 되어 줄 힘과 능력이 있는 사람이었다.

그런 의미에서 신경호는 완벽하게 내가 원하는 인물이라고 할 수 있었다.

나는 잠시 뜸을 들이다 고개를 끄덕였다.

"그러겠습니다. 대신 품질은 보장해 줘야 할 겁니다. 신유민 저하는 백성들 가지고 장난치는 걸 매우 싫어하시거든요."

"저와 같은 생각이네요. 우리 같은 사람이 정직해야 이 나라 백성들이 평안하게 살지 않겠습니까? 걱정하지 않으셔도 좋습니다."

"그럼 같은 편이 된 김에 하나만 부탁해도 될까요?"

"뭐든 말씀하시죠."

나는 미소를 지었다.

"확실하게 누구 편인지를 좀 보여 주셔야겠습니다."

산에서 내려온 다음 날.

신권대회의 결과 발표를 듣기 위해 많은 사람들이 광장으로 몰려들었다.

"아무리 그래도 한태규 지부장이 우승했겠지?"

"모르지. 이서하가 있는 한영수 도련님 측이 우승했을 수도."

"한영수 도련님이 우승했으면 좋겠네. 거기다 판돈 걸었거든."

"자네 그렇게 항상 대박만 노리다가는 패가망신할 걸세. 도박은 확률 싸움이야. 확률."

"에이, 혹시 아나? 이번에는 패가망신이 아니라 이 돈으로 집을 지을지. 두고 보게."

저 사람 집 짓겠네.

확실히 대박을 노리는 쪽이 더 강한 희열을 느낄 수 있긴 하다.

내가 저 맛에 중독돼 1년간 투기장에서 산 적이 있었지.

물론 결과는 빚만 잔뜩 생기고 강제 노동행이었지만 말이다.

'생각해 보니 별짓을 다 했네.'

과거는 그렇게 묻어 두고 나는 반대편에 앉은 한태규를 바라봤다.

소가주 발표에는 모든 참가자가 의무적으로 참석해야만 했다.

결과에 승복하고 새로운 소가주를 축하하기 위해서 말이다.

하지만 한태규 입장에서는 대놓고 망신당하는 자리라고 할 수 있었다.

'표정 한번 살벌하네.'

이윽고 한백사가 나타났고 모든 이들이 허리를 굽혀 인사했다.

이윽고 한 남자가 나와 결과를 발표하기 시작했다.

한 문장 한 문장. 쓸데없는 미사여구를 늘어놓던 발표자는 이윽고 소가주를 호명했다.

"신권대회의 결과에 따라 차기 가주는 한영수로 결정되었음을 알린다."

나는 옆에 앉은 한영수의 등을 쳤다.

"나, 나가도 되는 거지?"

"그래, 가 보자고."

나는 같이 자리에서 일어났다.

한영수의 뒤로 광명대 전원이 따랐고 모든 관리들은 침묵했다.

원래라면 모두가 기립해 손뼉을 쳐야만 한다.

그것이 새로운 소가주에 대한 예의니까.

하지만 소름이 돋을 정도로 조용하다.

심지어 악기도 치지 않는다.

'기선 제압이군.'

누구도 축하하지 않는 취임식.

아무리 강심장이라도 이런 분위기에서는 주눅이 들 수밖에 없었다.

이윽고 수군거리는 소리가 들려왔다.

"정말로 한영수 도련님이?"

"운성에 망조가 들었군."

"외부 세력을 끌고 와서 소가주 자리에 앉다니. 뻔뻔하기는."

굳이 집중하지 않아도 들려온다.

대놓고 말하는 것이었다.

한영수도 그런 말을 들었는지 어깨를 움츠리며 말했다.

"내, 내가 잘할 수 있을까?"

"아니, 잘 못 할걸. 너 아무리 봐도 능력도 없고 재능도 없어. 가주가 되면 운성 말아먹겠지."

"……너무하네."

한영수는 긴장한 얼굴로 침을 삼켰다.

누가 봐도 주눅이 든 게 보인다.

이건 좋지 않다.

첫인상이 가장 중요하다고 하지 않는가.

그 어떤 관리에게도 인정받지 못하는 소가주.

그런 선입견을 운성의 사람들에게 심어 줄 수는 없었다.

나는 등을 팡 치며 말을 이었다.

"그래도 하나만 기억해라. 넌 이제부터 운성의 소가주야. 잘하든 못하든 넌 그 자리에 앉은 거다. 그러니까 허리를 펴고 똑바로 걸어."

자리가 사람을 만든다는 말이 있다.

내 오랜 삶의 경험으로 보아 그 말은 진리에 가까웠다.

당장 한영수만 보아도 그렇지 않은가?

막강한 힘을 가진 할아버지를 등에 업고 안하무인으로 살던 한영수와 모든 것을 잃고 다시 재기하려던 한영수는 다른 사람이었다.

그러니 이제 이 모든 것을 겪고 다시 권력을 잡은 한영수를 볼 차례였다.

'전처럼 개념 없는 놈이 될 수도 있지만.'

어쩌겠는가?

이미 여기에 걸었는데.

이것도 일종의 도박이 아닐까?

'역시 도박 맛은 보면 안 되는 거였어.'

나는 목소리를 내리깔며 말을 이었다.

"누가 너의 편인지 이번 기회로 알았을 거로 생각한다. 의리 지켜라."

"내가 그 정도로 병신은 아니야. 너와의 의리는 지킨다."

"아니, 나 말고."

나는 한영수를 이용할 생각뿐이었으니 말이다.

하지만 우리 광명대 중 단 한 명은 다르다.

"상혁이가 널 도와준 거야."

"……"

"의리 지켜라. 지켜보마."

한영수는 대답 대신 심호흡하며 어깨를 펴고 걷기 시작했다.

한영수 문제는 해결되었고.

나는 한백사를 올려 보았다. 마치 '네 뜻대로 안 될 것이다.'라고 말하는 것만 같은 표정.

'철저하게 한영수를 고립시킬 생각이겠지.'

아직은 한백사가 살아 있는 권력이니 말이다.

'기분 나쁜 늙은이.'

하지만 나도 어찌 보면 기분 나쁜 늙은이다.

그쪽 생각은 이미 읽었으니까.

그렇게 내가 슬며시 미소를 짓는 순간.

누군가가 손뼉을 치며 자리에서 일어났다.

짝짝짝!

선명한 박수 소리.

모든 관리들의 시선이 모인 그곳에는 신경호가 서 있었다.

이윽고 신경호 일파가 일어나고 꽹과리와 징, 그리고 북소리가 울려 퍼지기 시작했다.

절반은 가만히 있고 오직 절반만이 축하해 주는 이상한 상황.

상인들은 그 상황을 빠르게 이해하고는 꽹과리 소리에 목소리가 묻히길 바라며 말했다.

"뭐야? 신경호 대감이 한영수를 인정한 거야?"

"어이, 잡혀가기 싫으면 말조심하라고. 한영수 소가주님이라고 불러야지."

"그나저나 이렇게 되면 혼란스럽겠네. 일 벌이는 건 신중해야겠어."

이것을 새로운 기회로 보는 이들의 기대감과 혼돈으로 보는 이들의 불안감이 나에게 꽂힌다.

이윽고 한백사의 앞으로 간 나는 미소를 지었다.

"기쁘시겠습니다. 손자가 훌륭하게 소가주가 되어서."

신경호를 가만히 노려보던 한백사는 작게 숨을 들이마시

며 자리에서 일어났다.

"……끝날 때까지 이겼다고 생각하지 마라."

한백사의 말이 맞다.

상대방의 패가 전부 사라지기 전까지는 그 어떤 것도 끝난 게 아니니까.

이런 쪽으로는 백전노장인 한백사를 우습게 볼 수는 없지.

"충고 감사합니다."

하지만 적어도 이번에는 내가 이겼다.

그렇게 한백사와 대화하는 사이 한영수에게 소가주만이 입을 수 있는 도포와 신분을 상징하는 새로운 호패가 수여되었다.

'여기까지 왔구나.'

이렇게 운성의 절반이 나의 것이 되었다.

이제 4대 가문 중 3개에 나의 영향력을 심어 둔 셈이다.

성도야 미친놈이 권력을 잡으며 양측 다 예측할 수 없는 세력이 되었으니 왕국을 통일한 것이나 마찬가지였다.

'슬슬 반응이 나오겠네.'

운성은 신태민에게 있어서 가장 중요한 세력이었다.

막말로 계명은 너무 멀어 도움이 되지 않고, 신평은 처음부터 사이가 좋지 않았다면 운성은 변함없이 자기들 편일 거라고 믿었을 테니 말이다.

'허남재가 어떻게 움직일지.'

항상 예의 주시할 필요가 있다.

그렇게 취임식이 끝나고 나는 인사를 하러 오는 운성의 관리들을 맞이하며 생각했다.

'경진년도 끝났구나.'

운성에 있는 사이 경진년이 지나갔다.

이제 시작되는 신사년(辛巳年).

안 중요한 해가 없다고 하지만 올해는 특히나 중요하다고 할 수 있었다.

'올해······.'

신유철 전하가 돌아가신다.

왕자의 난이 다가오고 있었다.

◆ ◈ ◆

경진년(庚辰年)이 끝나고 1월 초.

백야차는 이건하와 함께 수도로 돌아왔다.

"난 왕궁까지는 들어갈 수 없어서 말이야. 여기서 헤어지지."

"그래."

이건하는 짧게 답하고는 등을 돌렸다.

"수고했다."

"조심하라고. 언제 음기 폭주를 일으킬지 모르니까."

"조심하지."

백야차는 왕궁으로 향하는 이건하를 보며 중얼거렸다.

"평범한 놈들이 없네."

이건하는 지금까지 100개가 넘는 마물의 심장을 섭취했다.

아무리 개화(開化) 단계.

가장 낮은 등급의 심장을 먹었다고 하더라도 음양의 조화는 진작에 깨지고도 남을 양이었다.

하지만 이건하는 아무런 표정 변화도 없었다.

"잘생긴 오빠 가 버렸네."

유비타가 아쉽다는 듯 말했다.

"확실히 음기 폭주는 없었지."

"없었어. 조금 잔혹해지긴 했는데. 원래부터 막 상냥한 사람은 아니었잖아. 대장."

백야차는 고개를 끄덕이고는 은자 하나를 건네며 말했다.

"아카랑 같이 놀다 와라. 들키지 말고."

"우와! 돈이다! 돈! 옷 사야지!"

유비타가 신이 나서 사라지고 백야차는 아카에게 말했다.

"……저거 문제 못 일으키게 잘 막아라."

"네, 대장님."

부하들과 헤어진 백야차는 바로 이주원에게로 향했다.

홍등가.

회색 거리를 지나 이주원이 있는 기방에 들어가자 여자들이 다가오기 시작했다.

"어머? 아직 영업 시작 안 했는데. 급했나 봐?"

곰방대를 물고 다가오는 여자들을 힐끗 본 백야차는 호패를 꺼내 보였다.

이주원이 준 것으로 홍등가에서 귀빈 대우를 받을 수 있는 것이었다.

그것을 본 여자들은 표정을 굳히고는 말했다.

"바로 모셔 오겠습니다."

이윽고 이주원이 나왔다.

"백야차 님 오셨습니까? 어땠습니까? 이건하 선인님은 원하는 힘을 얻으셨고요?"

"그 이상을 얻었지. 아주 미친놈처럼 마물을 사냥하더군."

백야차의 말에 이주원은 미소를 지었다.

"음기 폭주는 일으킬 거 같습니까?"

"아쉽게도 그런 일은 없을 거 같다."

이주원은 아쉽다는 듯 고개를 끄덕였다.

"기운을 다스리고 있는 겁니까? 쉽지 않을 텐데."

"아니, 기운을 다스리는 느낌은 아니야."

음기 폭주를 일으킨 사람들은 하나같이 이렇게 말한다.

형용할 수 없는 분노가 저 밑바닥에서부터 올라오는 느낌이라고.

"그냥 감정이 없는 느낌이지."

이건하는 같이 지낸 3개월간 긍정적인 감정도, 부정적인 감정도 보이지 않았다.

그저 묵묵히 마물을 사냥하고 심장을 먹고 또 사냥하고의 반복.

백야차는 이주원에게 말했다.

"음기 폭주는 기대하지 않는 편이 좋을 거 같다."

"그렇군요."

"일 이야기는 여기까지다. 안에 있지?"

"네, 들어가 보시죠."

이주원은 고개를 끄덕였다.

이윽고 백야차가 기방 안으로 들어가고 이주원은 백야차의 등을 보며 생각했다.

'그래도 영향이 없을 리는 없지.'

일단 씨앗은 심어 두었다.

그곳에서 무엇이 피어날지는 아무도 모르는 일이었다.

"지금 막 돌아왔습니다."

"오, 그래. 건하야. 원하는 성과는 얻었나?"

"네. 저하."

신태민에게 인사를 간 이건하는 옆에 앉아 있는 백성엽을 슬쩍 쳐다보았다.

"제가 없는 사이 무슨 일이 있었습니까?"

그러자 백성엽이 말했다.

"운성의 소가주로 한영수가 취임했다더군. 이서하의 도움을 받아서."

"운성의 소가주 말입니까?"

"그래도 아직은 한백사가 권력을 잡고 있으니 별문제는 없을 거다. 아직은 말이야."

이건하가 굳은 얼굴로 서 있자 신태민이 말했다.

"건하는 내일부터 다시 직무에 복귀하도록. 할 일이 아주 많아."

"그리하겠습니다."

이건하는 고개를 숙이고는 밖으로 나갔다.

이서하.

수련을 하는 사이 사촌 동생은 또 한 건을 해낸 것이었다.

백성엽의 말대로 아직 운성의 권력은 한백사가 잡고 있겠지만 변수가 생긴 것은 틀림없었다.

'만에 하나라도 운성마저 우리 손을 떠난다면.'

신태민 저하가 권력을 잡고 나서도 문제가 될 것이었다.

갑작스럽게 가주가 죽고 김희준이 권력을 잡은 성도.

그리고 한영수가 소가주가 된 운성.

이 두 가문이 등을 돌리면 4대 가문 모두가 신태민 저하를 대척하는 상황이 벌어진다.

'……'

복잡한 생각은 하지 말자.

가장 중요한 건 수도에서의 권력 싸움이었으니까.

그렇게 저택 안으로 들어갈 때였다.

"아이코!"

어린 소녀가 이건하의 가슴에 부딪히고는 엉덩방아를 찧었다.

서둘러 밖으로 나가려다 앞을 보지 못한 것이었다.

"아! 선인님."

소녀는 벌떡 일어나 고개를 숙였다.

"죄송합니다. 제가 급히 밖을 나가려다 그만……."

그 순간이었다.

써억!

이건하의 검이 소녀의 목을 날렸다. 무표정하게 쓰러지는 소녀를 보던 이건하의 귀에는 환청이 들려오고 있었다.

-감히 내 몸에 부딪쳐?

-죽여, 죽여, 죽여.

음기 폭주였다.

겉으로는 전혀 티가 나지 않았으나 이건하는 이미 음기 폭주를 보이는 상황이었다.

이건하는 가만히 소녀를 내려다보다 뒤따라 나온 남자 하인에게 말했다.

"치워라."

"……네. 선인님."

남자 하인이 서둘러 소녀의 시신을 처리했고 이건하는 안으로 들어가며 생각했다.

'뭐, 4대 가문이든 뭐든 다 죽여 버리면 되겠지.'

이주원이 뿌린 씨앗은 아무도 모르게 점점 커 가고 있었다.

◆ ◈ ◆

"진짜 가는 거야? 나 어떡하지? 나 어떡해?"

"뭘 어떡해야? 우리도 급해. 애들 선인 시련 받아야 해서."

운성에서의 마지막 날.

한영수가 우는 얼굴로 매달리기 시작했다.

"그리고 뭘 걱정해? 신경호 대감이 잘해 준다잖아."

"그 인간 무섭다고. 네가 그 늙은이를 잘 몰라서 그러는데 나 어렸을 때도 예쁘단 소리 한 번도 안 해 준 사람이야."

대쪽 같은 사람이었구나.

앞서도 그랬지만 더 마음에 든다.

"예쁘다고 한 사람들을 조심해. 마음에도 없는 말 하는 사람들이거든."

"꺄하하하하."

박민주가 깔깔거리며 웃자 한영수가 작게 한숨을 내쉬었다.

"웃지 마. 박민주."

"너무 걱정하지 마. 너도 명예 광명대원이니까 힘든 일 있으면 이 누나가 와서 도와줄게."

"정말이지? 부르면 올 거지?"

"응?"

박민주는 당황한 듯 고개를 갸웃하더니 웃으며 한영수의 등을 쳤다.

"하하하, 뭐가 그렇게 진지해. 그래도 진짜 도와줄 거니까 너무 혼자 고민하지 말라고."

펑! 소리가 났던 거 같은데.

기침하는 한영수.

저거 피 토하는 거 아니야?

그보다 저놈 민주를 대하는 게 조금은 달라졌다.

전에는 그저 친한 소꿉친구 느낌이었다면 이제는 마치 사랑에 빠진 소심한 찐따 느낌이랄까.

그렇게 민주가 사라지고 나는 한영수에게 다가가 말했다.

"야, 너 민주 좋아하냐?"

"어? 에이, 무슨 소리야? 그냥 어렸을 적부터 친구인 거지. 전혀. 난 저런 남자 같은 애 별로 안 좋아해."

한영수가 격하게 부정해 보지만 이를 어쩌나.

이미 얼굴에 티가 다 나는데 말이다.

몰랐다면 모를까, 안 이상 가만있을 수는 없다.

더 마음이 커지기 전에 정리하는 게 좋겠지.

"잘됐네. 민주는 상혁이 좋아하거든."

"뭐?"

"포기하라고."

너한테 주기는 너무 아까운 여자이니 말이다.

한영수는 아무렇지 않은 척 표정을 관리하며 주변을 돌아
보다 술잔을 들었다.

"하하하, 몰랐네. 티가 하나도 안 나. 티가."

쓰디쓴 술을 단숨에 들이켜는 한영수였다.

나는 한영수에게 안주를 가져다주며 등을 토닥였다.

"그래, 그 마음 내가 잘 안다."

나도 짝사랑 많이 해 봤지.

새로운 생존자 무리를 만날 때마다 귀여운 친구가 하나씩
은 있었으니 말이다.

물론 잘된 경우는 극히 드물지만.

"다 짝이 있는 거야. 너도 짝이 있을 거다."

"네가 뭘 아냐? 아린이랑 사귀면서."

"안 사귄다니까."

"기만하지 마라. 나쁜 놈아."

한영수에게는 기쁘고도 슬픈 밤이 지나갔다.

◆ ◈ ◆

수도로 돌아오자마자 친구들은 모두 선인 시련을 받기 위해 움직였다.

신유민 저하가 겨우 일정을 늦춰 주었기에 어떻게든 시간 내에 도착할 수 있었다.

"저번의 실수가 있어서 이번에는 그렇게 어렵지 않을 거야. 모두 통과하고 와라."

"식은 죽 먹기지. 걱정하지 마라."

"나 잘할 수 있을까?"

상혁이와 민주가 한마디씩 할 때 웬일로 아린이가 침울한 표정을 보였다.

"그럼 서하를 몇 주간 못 보는 거야?"

선인 시련을 앞두고 그걸 걱정하는 건가? 그리고 그걸 옆에서 진심으로 같이 걱정해 주던 주지율이 말했다.

"초상화라도 그려 가면 되지 않을까?"

"아쉽다. 시간 있으면 그러는 건데."

정말이냐?

어쨌든 그렇게 네 명이 선인 시련을 받기 위해 떠나고 나는 정이준을 돌아봤다.

"너만 남았네."

"그럼 저는 휴가를 주십시오."

"아니지, 밀린 일이 몇 개인데. 너는 일해야지."

"휴가를 달라! 운성까지 끌고 가서 개인적인 일을 시키는 악덕 대장 물러가라. 물러가라!"

나는 검집째로 정이준의 머리를 툭 때렸다.

왜 상혁이가 이놈을 매일 패는지 알 것만 같았다.

"광명대 편성 관련해서 할 일이 많아. 방랑 무사도 받아들일 생각이니까 면접 준비해라. 네가 면접관이다. 정이준."

"제가요? 저 중급 무사라고 무시하지 않을까요?"

"중급이든 뭐든 직책을 주면 아무도 무시 못 할 거 아니야. 네가 스스로를 임시 부대장이라고 소개해."

"그래도 괜찮습니까?"

"임시인데 뭐."

연기도 잘할 테고.

사람의 심리를 꿰뚫어 보고 그것을 이용하는 데 정이준보다 나은 사람은 없다.

애초에 면접은 이놈 몫이었다는 거지.

"일단 방랑 무사들 합류할 수 있게 공고부터 내자."

신년을 맞이해 수도로 들어온 이들도 꽤 있을 테니 관심이 있으면 들어오겠지.

"엄청나게 올 거다."

나는 기대에 부풀어 말했다.

다른 곳도 아니고 바로 나, 무적 최강 최연소 홍의선인 무패의 광명대가 아니던가.

무사들에게 꿈의 부대가 있다면 바로 우리 광명대겠지.

"너무 몰리면 어떡하지? 이준이 너 혼자서는 힘들 텐데."

"과연 그럴까요? 제 생각에는 아무도 안 올 거 같은데."

"네가 뭘 모르는구나? 무사들은 다 역사에 이름을 남기기를 원한다고. 우리 광명대는 그런 면에서 최고의 부대지."

"내기할까요? 하루에 5명 밑으로 오면 제 승리, 그 이상 오면 대장님 승리로."

"좋지. 5명 정도야. 내기 내용은?"

"역할 바꾸기로 하죠. 제가 이기면 하루 동안 광명대 대장으로 지내겠습니다."

"그럼 내가 이겨도 좋을 게 없는데."

"제가 지면 광명대 병영 마당을 쓸겠습니다. 평생."

"호오? 평생?"

"네, 평생."

500명도 아니고 5명이라니.

정이준 이놈 내기를 할 줄 모르네.

마당 쓸기야 하인들이 할 일이지만 정이준을 시키는 것도 재밌을 것만 같다.

"좋아. 바로 공고를 내고 오늘부터 해 보지."

그렇게 내기가 성립되고 세 시진 후.

단 한 명의 무사도 오지 않았다.

"어째서?"

충격적이다.

무적 최강 최연소 홍의선인 무패의 나 이서하가 이끄는 광명대에 왜 아무도 오지 않는 것인가?

그러자 정이준은 손톱을 갈며 말했다.

"죽기 싫으니까요."

"뭐?"

"지금까지 우리 광명대가 몇 번의 전쟁에 참여한 줄 아십니까? 그래서 저 무과 볼 땐 다들 광명대만은 피하고 싶다고 그랬었거든요."

"그래도 무사라면 야망이……."

"일반적인 무사들이라면 그렇겠죠. 그런데 방랑 무사 아닙니까? 애초에 야망이 없으니까 정처 없이 떠돌고 있겠죠."

정이준은 빙긋 웃었다.

"어떻게, 막내 될 준비는 됐습니까? 대장님."

"……."

나는 침묵했다.

머리를 때리면 기억이 날아가지 않을까?

좋다.

머리를 때리자.

딱 죽지 않고 기억이 날아갈 정도로만.

진지하게 그런 생각을 하고 있을 때, 한 무사가 병영 안으로 들어왔다.

"어서 오십시오!"

반가운 마음에 나도 모르게 벌떡 일어나며 점소이처럼 인
사해 버렸다.

　앞으로 정이준이랑은 내기하면 안 되겠다.

　그런데 뭔가 익숙한 얼굴이다.

　"서하야! 여기 있었구나."

　"무성 선인님?"

　강무성이다.

　좋다 말았네.

　그나저나 저 인간은 왜 온 것일까? 그것도 사색이 되어서……

　"나 좀 도와줘라."

　무슨 큰일이라도 난 것일까?

　강무성은 수도 방위군으로 내 계획에 아주 중요한 인물……

　"효정이가 헤어지재. 어떡하나?"

　그 말에 나는 자리에 앉았다.

　"이준아."

　"네. 대장님."

　"잡상인 내보내."

　걱정했던 내가 바보였다.

Chapter 86.

강무성과 최효정.

성무학관을 졸업한 뒤로는 딱히 만날 일이 많지 않아 오고 가다 짧은 대화를 나눈 것이 끝이었다.

그래도 풍문으로나마 두 사람이 잘 사귀고 있다고 들었는데 갑자기 무슨 일인지 모르겠다.

"잘 사귀고 있는 거 아니었습니까?"

"잘 사귀고 있어. 지금도."

"차였다면서요. 빨리 가서 빌어요."

"내 잘못이 크지 않은데 빌 수는 없지."

이 인간 배가 불렀네.

회귀 전, 강무성과 최효정은 오페라의 비극과도 같은 사랑을 했다.

자신이 아닌 다른 친구를 바라보는 여자를 십 년이 넘게 짝사랑하고 결국 고백한 다음 날 같이 최후를 맞이하는 그런 비극.

그래서 나는 더욱 이 두 사람의 관계를 걱정하지 않았다.

'둘이 사귀기만 하면 아무 문제 없을 줄 알았는데.'

회귀 전에는 그렇게 절절하게 사랑했다고 하니 말이다.

당시 상황이 극단적이었던 만큼 더욱 서로를 아끼고 사랑했을 것이다.

살아 있어 주는 것만으로도 서로 감사했을 테니까.

하지만 지금처럼 평화롭다면 사소한 걸로도 감정싸움을 할 수도 있다.

나는 고개를 끄덕이고는 물었다.

"그래서 왜 싸운 겁니까?"

"그게 말이야."

강무성은 싸우게 된 경위를 말하기 시작했다.

사건의 경위는 이러했다.

강무성이 만호가 되고 난 후 그는 독자적인 부대를 운영할 수 있게 되었다.

약 500인 정도로 구성된 수비대를 운영하기 시작했고 몇몇 공로를 인정받아 원정대로 승급했다고 한다.

"부딪침은 꽤 있었어. 연인이면서 동시에 한 원정대의 대장, 부대장이었으니까."

사적이면서 동시에 공적인 관계.

"아……, 힘드셨겠네요."

쉽지 않은 관계다.

예를 들어 최 선인님이 원정대 일을 처리하면서 뭔가 실수를 했다고 생각해 보자.

강무성은 이를 벌해야 하는가? 아니면 사랑으로 덮어야 하는가?

벌한다면 최효정과 사이가 나빠질 수밖에 없다.

무사니까 공적인 처벌은 이해하고 넘어갈 수 있는 거 아니냐고?

맞다.

최 선인님도 수많은 전쟁터를 경험한 사람이니 그냥 넘어갈 수도 있겠지.

하지만 이해한다고 해서 감정이 상하지 않는 것은 아니다.

그리고 강무성은 그런 쪽으로는 별로 눈치가 없다.

안 봐도 그림이다.

"힘들었지."

강무성은 다시 말을 이어 갔다.

"그래도 바로바로 화해하면서 잘 넘어갔거든. 근데 이번에는 문제가 좀 심해서 말이야."

"어떤 문제였는데요?"

"우리가 가벼운 원정을 마치고 간부들끼리 회식을 했거든. 근데 효정이가 먼저 집에 가 있겠다고 하더군."

이거 다음 말이 예상된다.

"근데 이런저런 이야기를 하다 보니 늦어져서 말이야. 그냥 거기서 잤어."

"기념일을 놓치셨군요."

"……응."

사귄 지 몇 년이나 됐다고 기념일을 놓치냐.

"그래서 어떻게 하실 생각입니까?"

"몰라. 말 걸어도 대답도 안 하고."

그때 옆에서 흥미롭게 바라보던 정이준이 말했다.

"그럼 우리 작전을 짜 보는 게 어떻습니까?"

"또 뭔 작전?"

"강무성 선인님 화해시키기 대작전이라고 하죠."

키득거리며 웃는 정이준.

이 자식 또 이상한 생각 하고 있다.

하지만 나도 그건 찬성이다.

재밌어 보이니, 아니, 두 사람은 사이가 좋아야 하니 말이다.

강무성은 불안한 눈으로 정이준을 바라봤다.

"이 친구는……?"

"제 한 기수 밑에 있던 친구입니다. 광명대에 새로 들어온."

"아, 연애 경험은 좀 있고?"

"없습니다."

강무성의 얼굴에서 신뢰라는 단어가 사라졌다.

정이준은 그 표정을 빠르게 알아차리고는 말했다.

"걱정하지 마세요. 저한테 좋은 작전이 있습니다."

"한번 들어 보죠."

"어? 어, 그래."

그래도 내 말은 들어 주는 강무성이었다.

이준이가 아무리 연애 경험이 없어도 사람의 심리 하나는
또 기막히게 파악하는 친구다.

뭔가 기발한 작전을······.

"작전은 이렇습니다. 일단 어떻게든 최효정 선인님을 불러
내서 밥을 먹는 겁니다."

"그것부터 힘들지 않을까?"

"에이, 그래도 사귀는 사이에 밥 한 번 같이 안 먹어 줄까요?"

안 먹어 주던데.

저 친구가 어려서 삐진 여자 친구의 완고함을 잘 모른다.

어쨌든 이야기나 계속 들어 보자.

"그래서? 밥을 먹으면?"

정이준은 의미심장하게 말했다.

"저랑 형님이 가서 '어이, 거기 그림 좋은데~' 하면서 시비
를 걸면······."

"다른 작전을 짜 보죠."

여자랑 손도 못 잡아 본 놈한테 기대했던 내가 바보였다.

"왜요? 좋은 작전 아닙니까? 그리고 강무성 선인님이 '내 여자는 건드리지 마라.' 이러면 딱 넘어가는 거죠."

"너 그거 어디서 들은 이야기냐?"

"저잣거리에 파는 연애를 시작하는 108가지 방법에서 본 것입니다. 화해는 새로운 시작이니까요."

"그래. 그럼 그 작전은 훗날 생길 네 연인에게 쓰고……."

누군지는 모르겠지만 말이다.

나는 강무성에게 시선을 옮기며 말했다.

"저한테 좋은 생각이 있습니다."

"작전?"

"네, 이런 건 단순할수록 좋거든요. 일어나시죠. 준비할 게 많습니다."

진심 9할에 정성 1할.

용서의 공식이라고 할 수 있다.

"준비라니?"

"그럼 준비해야죠."

원정만 다녀서 그런지 지금은 산적이 따로 없다.

"일단 산적 꼴부터 벗어납시다."

이런 건 여자가 도와주는 게 최고다.

◆ ◇ ◆

"일단 여기가 행사가 있을 때 예복을 의뢰하는 포목점입니다."

"역시, 우리 이정문 씨가 숨은 장인들을 많이 알고 계시네요."

이정문은 신이 나서 포목점 안으로 들어가는 이서하를 바라봤다.

'다짜고짜 찾아와서 이게 뭐야?'

유아린과 박민주가 선인 시련을 떠나 이서하가 아는 여자라고는 이정문밖에 남지 않은 상황.

광명대 예산을 짜던 중 끌려 나온 그녀는 그 이유를 듣고 충격받을 수밖에 없었다.

"이것도 광명대 근무입니까?"

"그럼요. 광명대가 받은 의뢰인데."

싸운 연인을 화해시킨다나 뭐라나.

'신났네.'

이정문은 신이 나서 옷을 고르는 이서하를 바라보다 피식 웃었다.

'어떨 때는 인생 다 산 사람 같더니.'

또 지금 보면 흔하디흔한 철없는 남자 같기도 하다.

'남자들은 죽기 전까지 철이 안 든다고도 하니까.'

그렇게 생각할 때 이서하가 검은색 예복을 들고 나오며 말했다.

235

"이겁니다! 검은색에 황금 자수! 이 정도는 돼야……."

"안 됩니다."

이정문은 이서하가 고른 걸 뺏은 뒤 벽에 걸며 말했다.

"무슨 국왕 전하 알현하러 갑니까? 하늘색으로 하죠. 강무성 선인님 얼굴이 의외로 하얀 편이라 하늘색도 잘 받습니다."

일단 이것도 일이라고 하니 제대로 도와주도록 하자.

그렇게 이정문이 고른 옷을 입고 나온 강무성은 어색하게 몸을 움직이며 말했다.

"좀 괜찮습니까?"

"뭐, 외모의 한계가 있긴 하지만 그래도 볼만하네요."

"외모의 한계……."

"그럼 제 역할은 여기까지입니까?"

"네, 이정문 씨. 수고하셨습니다."

이서하는 미소를 지으며 다가와 꽃 한 다발을 건넸다.

"이게 뭐냐?"

"보면 모릅니까? 동백꽃이죠."

"꽃까지 줘야 하는 거냐?"

"이 꽃이 바로 우리의 비밀 무기입니다. 정확하게는 이 꽃에 담긴 꽃말이지만요."

"꽃말?"

"저기 서역에서는 꽃마다 각각의 의미를 부여합니다."

"그래? 그럼 동백꽃엔 무슨 의미가 담겨 있는데?"

"누구보다 그대를 사랑한다. 이것이 붉은 동백꽃이 갖는 의미입니다."

"누구보다 그대를 사랑한다……."

이서하는 뜻을 곱씹는 강무성의 어깨를 쳤다.

"대사는 다 숙지하셨죠?"

"외우긴 했는데 이걸 꼭 말해야 하는 거냐?"

"제가 뭐라고 했습니까? 용서를 빌 때는 진심으로, 그리고 정성을 담아 해야 합니다. 대사도 준비 안 하고 그게 정성을 다했다고 할 수 있겠습니까?"

이서하의 말에 이정문은 고개를 끄덕였다.

제대로 준비하지 않아 말을 더듬는 것보다는 간단한 대사라도 익혀서 확실하게 화해하는 편이 나으니 말이다.

강무성은 고개를 끄덕이며 말을 이어 갔다.

"그런가? 그런데 굳이 청혼까지 해야 되는 거야? 사과만 해도 충분하지 않을까?"

"……네?"

청혼?

갑자기?

이정문이 당황한 얼굴로 강무성을 바라볼 때 이서하가 확신을 담아 말했다.

"큰일은 더 큰 일로 덮으면 됩니다. 강무성 선인님이 딱 청혼하는 순간 그전에 있던 일들은 싹 다 잊힐 거란 말이죠."

"오, 일리가 있어. 역시 대장님."

아니, 무슨 일리가 있는데?

"아니, 제가 생각할 때는……."

이정문이 어떻게든 세 사람을 만류하려 했으나, 이미 돌이킬 수 없는 상황이었다.

"자자, 그럼 가 봅시다."

"좋아! 해 보자!"

세 치 혀에 넘어간 강무성이 기합을 넣고 포목점을 빠져나갔다.

이정문은 당당하게 걸어가는 세 남자를 바라보며 헛웃음을 내뱉었다.

'미친 거 아니야?'

옷만 골라 주고 바로 돌아갈 생각이었는데 이거 가만히 놔두면 큰일 날 것만 같다.

"잠깐만요. 저도 갈게요."

이정문은 재빨리 이서하의 뒤에 따라붙었다.

작전은 완벽하다.

정성 들인 옷과 꽃다발. 거기다가 완벽하게 준비한 대사까지.

나는 최효정에게 미시 초(오후 1시)에 명월관(明月館) 앞에서 만나자고 서신을 보냈다.

오랜만에 만나 긴히 여쭐 말이 있다면서 말이다.

그렇게 도착한 명월관(明月館).

최효정이 앞에 도착한 것을 본 나는 강무성 선인에게 말했다.

"왔습니다. 무운을 빕니다. 선인님."

"그래."

강무성은 크게 심호흡을 하고는 최효정에게로 향했다.

그렇게 멀찌감치 숨어 두 사람을 바라보고 있을 때 이정문이 말했다.

"도대체 대사는 뭐라고 쓴 겁니까?"

"별거 없습니다. 일단 진심으로 사과하고 청혼해 버리라고 적었죠."

"……갑자기요?"

"원래 결혼은 정신 나간 상태로 하는 겁니다."

이제 저 두 사람도 이립(而立)이다. 아무리 무사들의 평균 혼인 연령이 높다고 하더라도 슬슬 결혼을 생각해야만 한다.

'국수 좀 먹어 보자.'

게다가 저 둘이 결혼하면 적어도 헤어질 걱정은 하지 않아도 될 것이다.

이윽고 강무성이 최효정의 앞에 서고 당황한 최효정은 인상을 찌푸리며 말했다.

"뭐야? 왜 네가 와?"

239

그리고는 강무성을 위아래로 훑어본다.

"그 옷은 뭐야? 꽃은 또 뭐고?"

좋아.

표정이 좀 풀어진 것만 같다.

"효정아."

강무성은 비장하게 말했다.

"미안해. 내가 배려심이 없어 너와의 약속을 지키지 못했어. 앞으로 이런 일 없을 거야."

그리고는 동백꽃을 내밀었다.

"누구보다 너를 사랑한다. 나와 결혼해 줘."

"좋았어."

됐다. 남자답고 멋있었다고!

그렇게 내가 주먹을 불끈 쥘 때였다.

"미친."

옆에서 이정문이 부르르 떨며 말했다.

"완전 싫어. 진짜."

"……."

"말하라고 시킨 게 진짜 저 내용입니까?"

"그런데요?"

"선인님이 어떻게 아린 씨랑 친한 거죠? 제가 아린 씨라면 사람으로 안 볼 거 같은데."

너무한 거 아니야?

사람으로 안 보다니.

"저렇게 사람 많은 곳에서 저런 식으로 청혼을 하면 어떡합니까?"

"아아, 반지가 없어서요? 저 꽃 한가운데 반지도 있어요. 깜짝 선물 같은 느낌으로."

"아……, 그게 문제가 아니잖아요."

"나 때는 다 저렇게 고백했는데."

내 동년배들은 다 저렇게 고백했단 말이다.

도대체 뭐가 문제지?

"청혼은 서로 결혼을 약속한 뒤에 하는 의식 같은 거란 말입니다. 저렇게 다짜고짜 하면……. 아, 아닙니다."

이정문은 한숨과 함께 말했다.

"지켜 주지 못해 죄송합니다."

그렇게 이정문이 고개를 숙일 때 얼굴이 시뻘게진 최효정이 말했다.

"……너 미쳤어?"

"응?"

"야, 내가 너한테 화난 게 그날 집에 안 들어와서 그런 줄 알아? 지난번 마수랑 싸울 때 나보다 다른 여자들 먼저 도와줬지?"

"그건 걔들이 상급 무사라 그랬지. 넌 선인이잖아. 약한 애들 먼저 도와줘야……."

"그래, 그건 그렇다 쳐! 다른 여자 대원들은 쉬는데 왜 나만

241

계속 순찰을 돌아야 해? 걔들이 약하다고 순찰까지 못 도는
건 아니잖아. 그리고! 너랑 나랑 둘 다 계속 순찰을 돌면 우린
언제 같이 시간을 보내는데?"

"그것도 대장, 부대장으로서 모범을 보여야 해서 그런
건데…….."

"그럼 둘이 같이 돌게 하든가!"

"그러면 전력 배분이 잘 안 돼서."

"하……. 그래, 그것도 어떻게든 이해한다고 쳐. 너, 내가
집에 들어오라고 한 날이 무슨 날인지 알아?"

"……내 생일이었지."

네 생일이었냐?

"그래, 내 생일도 아니고 네 생일이었지. 그럼 그날의 마지
막만큼은 나랑 보내야 되는 거 아니야? 근데 왜 안 들어왔어?"

"애들이 생일이라고 안 보내 줘서……."

"그래도 들어왔어야지! 전쟁터에서는 부하들 의견 하나도
안 들으면서 왜 술자리에서는 반대가 되는데?"

듣자 듣자 하니 잘못한 게 한둘이 아니다.

"차이겠네요."

"그러게요."

이정문과 나의 의견이 합쳐졌다.

이거 알고 보니 강무성이 나쁜 놈이네.

차이면 내 잘못 아니다.

아무튼 내 잘못 아님.

그렇게 생각할 때 강무성이 머리를 긁적거리며 말했다.

"미안, 내가 생각이 짧았어."

이미 끝났다. 무성아.

그렇게 생각할 때였다.

"근데 왜 받아 주고 싶냐고! 왜!"

최효정이 훌쩍이며 꽃다발을 가져가더니 반지를 확인해
보았다.

지금 무슨 일이 벌어지고 있는 것일까?

"너 이제 똑바로 할 수 있지?"

"그럼! 물론이지."

"진짜 나만 바라봐야 한다?"

"죽을 때까지 한눈 안 팔 거야."

강무성이 최효정을 꼭 안아 준다.

"날짜는 언제로 잡을 건데?"

"일주일 이내로 잡자. 내가 가장 행복한 사람으로 만들어
줄게."

"이번에는 약속 지켜."

이게 무슨 상황일까?

"……."

나와 이정문이 침묵하고 있을 때 옆에서 정이준이 말했다.

"연애는 심오하네요."

"심오하지. 하지만 한마디로 정리할 수 있다."

오랫동안 수많은 사람들을 보며 깨달은 한 가지 진리.

"될 놈은 된다."

줄여서 될놈될이었다.

과정이야 어찌 됐든 다 내 생각대로 잘 풀렸다.

"모든 건 내 계획대로군."

그렇다고 치자.

강무성 선인님과 최효정 선인님의 결혼식은 성황리에 끝이 났다.

일주일 만에 급조해서 만든 결혼식이었음에도 나와 신유민 저하, 그리고 온갖 대신들이 참석할 정도였으니 말이다.

아마 요 근래 수도에서 한 결혼식 중 가장 화려하지 않았을까.

"내 결혼식에 세자 저하께서 와 주실 줄이야……."

"제자 잘 둬서 좋으시겠습니다."

"그래, 네 말대로 해서 결혼도 했고. 고맙다, 이서하."

"이거 다 빚인 거 알죠?"

"2배로 불려서 갚아 주마."

농담인지 진담인지 모르겠다.

"그보다 밀월여행은 어디로 가시기로 하셨습니까?"

갈리아 제국에서는 결혼 후 짧게는 일주일, 길게는 한 달 정도 같이 여행을 가는 신혼여행이라는 풍습이 있다.

결혼한 이들이 마음 놓고 사랑을 나눌 수 있도록 말이다.

딱 지금 강무성에게 필요한 일이었기에 난 두 사람에게 밀월여행을 떠났다 오는 게 어떠냐고 제안했었다.

얘기를 들어 보니 같이 일만 하면서 산 거 같은데 이번 기회가 아니면 또 언제 가겠는가?

다행히 선인님도 긍정적으로 듣고는 바로 일정을 짜 왔다.

"여러 곳에 가 볼 생각이다. 일단 수청에 가서 얼어붙은 호수도 좀 보고."

수청 좋지.

나야 비고를 털러 갔지만 원래는 휴양지로 유명한 곳이다.

"여보! 출발 준비 다 됐데."

최효정이 달려와 나를 보고는 미소 지었다.

결혼식도 성대했겠다 거기에 단둘이 여행까지 간다고 하니 완전 신이 난 최효정이었다.

단순한 여행으로도 저렇게 좋아하는데 이 강무성이는 지금까지 뭘 한 건지 모르겠다.

"서하도 있었구나. 아, 이제는 이렇게 부르면 안 되나? 홍의선인님인데."

"그냥 편하게 불러 주세요. 전장도 아닌데요 뭐."

"그래, 그러면 나야 좋지. 고맙다. 덕분에 결혼도 하고 둘이 여행도 가고."

아니, 내가 고맙다.

이렇게 둘이 잘 이어져서.

회귀 전처럼 괜히 이건하 좋다고 따라다니면 머리 아플 뻔했거든.

"제가 다 고맙습니다."

나는 진심으로 말했다.

"부디 두 분 다 오래 살아 주세요."

"걱정 마, 인마. 이미 손주까지 다 계획해 놨어."

손주는 최효정 선인님을 닮아야 할 텐데 말이다.

회귀 전에는 태어날 수 없었던 아이.

그렇기에 내가 회귀한 의미 중 하나가 될 아이였다.

기왕이면 예쁘게 나오는 게 좋지.

그렇게 생각하던 나는 강무성의 어깨를 두드리며 말했다.

"늦겠습니다. 출발하시죠."

"그래, 설날에 보자."

강무성은 그렇게 인사하며 마차를 타고 떠났다.

"후우."

지인의 행복한 얼굴을 보니 생각이 많아진다.

"다 행복해야지."

그러기 위해 회귀를 했으니 말이다.

◆ ◈ ◆

그렇게 강무성의 결혼식이 끝나고 몇 주 뒤.

선인 시련을 떠났던 친구들이 돌아왔다.

"아, 힘들었지."

"맞아. 힘들었어."

상혁이와 민주가 푸념하며 말했다.

단 2명만 통과한 작년의 대참사 이후로 처음 치러지는 선인 시련이었기에 참여자 수는 매우 적었다.

매년 100명은 넘게 참가했던 것과 달리 선인 시련에 나타난 것은 오직 10명 남짓뿐.

덕분에 모두가 맞춤 시련을 받아 떠날 수 있었다.

"이번 시련도 어려웠나 봐?"

"뭐, 죽을 뻔한 너만큼이야 하겠냐마는 우리도 엄청 어려웠다."

"맞아, 맞아. 너무 어려웠어."

"내가 봤을 때 시험관이 좀 악질이야."

"내 말이. 무슨 변태도 아니고 흡혈파리를 화살로 잡아 오라고 시키냐? 너네 흡혈파리 봤어? 진짜 손가락만 해."

호오, 시험관이 좀 이상했구나.

"그래? 할아버지가 조언을 받았다고 들었는데."

조언가가 붙었다곤 하지만 누가 할아버지 의견에 토를 달겠나?

시험 내용은 전부 할아버지가 정했겠지.

내 말에 상혁이와 민주는 표정을 굳히더니 바로 말을 바꿨다.

"어쩐지 나한테 딱 맞는 시련을 주더라고. 그지 민주야?"

"어어! 이번 시련으로 실력이 월등하게 늘어난 거 같아. 정말로."

지금 와서 포장해 봤자 늦었다. 이놈들아.

"민주야 흡혈파리 사냥하는 거였다고 했으니 그거고. 다들 무슨 시련이었어?"

그러자 아린이가 바로 대답했다.

"나는 북대우림 안쪽까지 들어가서 지도를 만드는 거였어."

확실히 마수를 부릴 수 있는 아린이라면 홀로 북대우림 안쪽까지 갈 수 있을 것이었다.

"나는 마수 30종류 사냥. 시간이 촉박했는데 어떻게 해냈지."

지율이는 마수 30종류 사냥.

아마도 최대한 많은 전투 경험을 쌓게 해 주기 위해 저런 시련을 냈을 것이었다.

"너희는 왜 다 사냥이냐? 난 산족 만나기였는데."

마지막으로 상혁이의 시련은 산족 만나기.

전부 사냥, 혹은 마수들과 싸워야 하는 시련이었던 것을 생각하면 성격 자체가 다른 것이었다.

그나저나 왜 산족 만나기였을까?

"산족 만나기? 그래서 만났어?"

"만나긴 했는데 말이야."

산족(山族).

이전 남부 토벌 당시 전장이었던 아미숲 너머의 주인들이었다.

이들을 단순히 산족이라고 부르는 이유는 그 이상의 호칭을 부여하기도 힘들기 때문이었다.

워낙 폐쇄적인 민족이었기에 우리 왕국이 알고 있는 정보는 오직 하나.

산족(山族)은 나찰처럼 매우 강하며 또 그 수가 적다는 것뿐이었다.

'회귀 전에도 산족을 거의 만나 보지 못했으니까.'

나찰을 상대로 같이 싸워 본 적도 있지만 대화하려고 다가가기만 하면 벌레 보듯이 보면서 피했다.

물론 당시 나를 벌레 보듯이 본 사람이 한둘이 아니긴 했지만…….

'아, 또 슬픈 과거가 떠올랐어.'

어쨌든 외지인을 배척하는 성향을 가지고 있어 만나기가 쉽지 않았을 텐데 말이다.

"역시 소문대로 다가오지는 않더라고. 그래도 한 10리 밖에서 대화를 나누었는데 내가 선인 시련 때문에 왔으니 뭐라도 만남의 증거를 달라고 하니까 이걸 주더라."

한상혁은 비녀를 하나 꺼내 보였다.

흑철(黑鐵)로 만들어진 검은 비녀.

인간은 만들기 힘들 정도로 정교하고 화려한 조각이 새겨져 있었으며 산족어로 이름까지 적혀 있었다.

"여울이라는 사람 거네."

"여울? 이게 이름이야?"

상혁이는 산족어를 모르니 읽을 수 없었겠지.

하지만 나는 회귀 전 최대한 많은 언어를 배우려 노력했다.

그래야만 고서들을 전부 읽어 머릿속에 넣을 수 있었으니 말이다.

게다가 언어가 통해야 갈리아든 어디든 가서 바로 적응할 수 있지 않겠는가?

"여울이라면 여자야?"

"응, 여자였어."

"이름까지 적을 정도면 소중한 거 아닐까? 그런 걸 준 거야?"

그러자 아린이가 냉정하게 말했다.

"그러게. 널 뭘 믿고 이렇게 비싸 보이는 걸 줬을까?"

상혁은 어깨를 으쓱하고는 말했다.

"돌려준다고 해서 준 거 아닐까?"

"그러니까. 네가 돌려준다는 걸 어떻게 믿고 주냐는 거지."

"내가 잘생겨서?"

상혁의 말에 아린이는 정색하며 말했다.

"서하 발톱 때만도 못하면서."

그러지 마. 아린아!

너 말고 다른 여자들은 그 반대로 생각하니까.

"그건 좀 아닌가 싶기도 한데……."

그래도 굳이 소리 내서 반대할 필요는 없지 않을까?

그나저나 의미를 잘 모르겠다.

왜 산족을 만나고 오라고 했을까?

'뭐 할아버지가 시킨 일이니 의미가 있겠지.'

분명 무슨 생각이 있어서 시키신 것이 분명했다.

나중에 물어보면 알려 주시겠지.

"그나저나 너희 강무성 선인님이랑 최효정 선인님 결혼한
건 알지? 선물 사러 가자."

"굳이 살 필요가 있을까?"

상혁은 어깨를 으쓱하며 말했다.

"우리가 선인이 된 게 선물일 텐데. 벌써 제자 다섯이 선인
이 된 거잖아."

"듣고 보니 그렇네."

아, 나도 그렇게 넘어갈걸.

신유민 저하가 나의 선물이라고 하면서 말이다.

그렇게 생각하고 있을 때 상혁이가 말했다.

"한 쌍은 갔고. 다른 한 쌍은 언제 가려나?"

"다른 한 쌍? 또 누가 있어?"

"너랑 아린이. 너희는 언제 가냐고."

"……."

갑자기 훅 들어오는 상혁이었다.

그때 아린이가 옆에서 말했다.

"식 같은 게 뭐가 중요해. 인연은 마음으로 이어지는 건데."

"……."

"서하가 준비되면 그때 알아서 하겠지."

뭔가 더 부담되기 시작했다.

더 대화를 나누면 뭔가 어색해질 거 같아 나는 재빨리 말을 돌렸다.

"그나저나 곧 설날이네. 그때를 대비해서 옷 좀 좋은 걸로 맞춰 놔. 최대한 화려하게."

"최대한 화려하게?"

"응. 너희도 이제 선인이니까 낄 수 있을 거야."

설날 최대의 행사에 말이다.

◆ ◈ ◆

설날.

음력(陰曆)으로 신년이 다가옴에 따라 수도는 분주하게 움직이기 시작했다.

대망의 첫 행사.

신년 연설 때문이었다.

신유철 국왕 전하의 마지막 설일 수도 있기에 왕국 전역에서 손님들이 모였다.

"오랜만입니다. 가주님."

"아이고, 오랜만입니다. 그간 강녕하셨지요?"

수많은 가주들이 서로 아는 얼굴을 찾아 인사를 건네며 서로서로 자리를 찾아 앉았다.

그러나 맨 앞의 세 줄만큼은 빈자리로 남아 있었다.

따로 주인이 정해져 있었던 것이다.

맨 앞줄은 왕자들과 수도의 고위 관료들.

두 번째 줄은 4대 가문의 식솔들을 위한 자리였으며 3번째 줄은 왕자들의 심복들이 차지할 자리였다.

"아직 왕자님들은 오지 않으셨군요."

"이 나라가 어떻게 될지 모르겠습니다. 신유민 저하를 후계자로 선택하셨으면 신태민 저하를 좀 내치셨어야 하는데 말이죠."

"에잇, 그런 소리 하지 마십시오. 낮말은 새가 듣고 밤말은 쥐가 듣는다고 하지 않습니까?"

가주들의 관심사 또한 두 왕자의 권력 다툼에 닿아 있었다.

"그나저나 제 영지가 수도에서 보름은 걸릴 만큼 멀지만 신유민 저하의 세력이 날로 커진다는 소문이 돌더군요. 사실인가요?"

"오늘 확인할 수 있겠죠."

그렇게 작은 가문의 가주들이 수다를 떨 때였다.

지잉! 하는 소리와 함께 한 남자가 소리쳤다.

"신태민 저하 납시오!"

신나서 떠들던 가주들이 입을 다물며 자리에 앉았고 신태민이 모습을 드러냈다.

언제 소란스러웠냐는 듯이 정적이 내려앉은 광장.

가벼운 무장을 한 신태민은 망토를 휘날리며 광장 한가운데를 가로질렀다.

"무위가 상당히 올라오신 거 같군."

"으흠. 역시 아직은 신태민 저하 세력이 더 큰가?"

가주들은 작게 속삭이며 말했다.

그만큼 신태민의 세력은 여전히 화려한 면모를 자랑했다.

왕자인 신태민을 필두로 진명, 이건하, 백성엽, 그리고 서아라가 따라 들어왔고 수도에 이름난 선인들이 그 뒤를 이었다.

모두 가벼운 경갑옷을 입고 그 위에는 망토를 걸친 무사들.

거기에 운성의 한백사와 그리고 성도에서 온 김희준까지 신태민의 행렬에 포함되어 있었다.

"전쟁터라도 가는 듯한 느낌이군요."

"살벌하네. 살벌해."

하지만 그만큼 풍기는 위압감은 실로 엄청났다. 왕국 최고의 정예들이 모인 것이나 다름없었으니 말이다.

이윽고 신태민이 자리에 앉고 옆에 앉은 백성엽이 말했다.

"김희준이 올 줄은 몰랐군요."

"자기도 알고 있겠지. 누군가를 선택해야 한다는 걸."

신태민은 히죽거리며 앉는 김희준을 바라보고는 말했다.

"잘됐어. 내 힘을 모두에게 보여 줄 수 있었으니 말이야."

그때였다.

또다시 징 소리가 울려 퍼지고 일정한 박자로 북이 울리기 시작했다.

"신유민 저하 납시오!"

그 순간 신유민이 홀로 정문 안으로 들어왔다.

수많은 가주와 신태민의 무사들이 홀로 느릿느릿 걸어 들어오는 신유민을 바라보며 표정을 굳혔다.

"혼자?"

신태민은 백성엽과 시선을 나눈 뒤 인상을 찌푸렸다.

무슨 짓일까?

그렇게 생각할 때였다.

정문 밖에서 색색의 깃발들이 올라오는 것이 보였다.

이윽고 처음으로 신평의 깃발을 든 박진범이 들어왔다.

그 어떤 왕도 대놓고 지지하지 않았던 신평이 가문의 깃발까지 내걸고 등장한 것이었다.

가주들은 수군거리지도 못하고 그 기이한 광경을 바라봤다.

이윽고 그 뒤로 계명의 검은 깃발을 따랐다.

최도원과 친구들이었다.

어지러운 계명에서도 직접 사람을 보낼 정도로 신유민을

지지한다는 뜻이었다.

또한 그 뒤로 운성의 한영수와 신경호가 따라 들어왔다.

깃발은 없지만 그 둘이 운성의 차기 권력자라는 것을 모르는 이는 없었다.

그리고 그 뒤를 이어 철혈대와 함께 청신의 깃발이 들어왔다.

신태민 측에 이건하가 있음에도 철혈 이강진은 대놓고 신유민 저하를 지지한 것이었다.

그리고 그 선두에는 이서하가 서 있었다.

역사상 가장 빠르게 색의를 입은 선인.

이제는 기린아(麒麟兒)라는 말로는 설명이 부족한 천재.

사치스러울 정도로 화려한 행렬.

그 선두에는 신유민이 있었다.

'병약하다고 하더니.'

'정치에는 뜻이 없다고 들었었는데.'

서책에만 빠져 탁상공론만 하던 태자의 모습은 없었다.

작은 체구에 예복을 입은 모습.

신태민과는 정반대인 문관의 모습이었으나 신유민이 한 걸음을 걸을 때마다 땅이 울리는 것만 같은 착각이 들 정도였다.

국왕으로서의 위엄.

그 위엄에 신태민이 입장할 때도 조그맣게 떠들던 가주들마저도 모두 입을 다물고 그를 바라볼 수밖에 없었다.

이윽고 자리에 앉은 신유민은 옆의 신태민을 바라보며 말했다.

"늦지 않게 왔구나."

"……요란하게도 등장하십니다. 형님."

"너만 하겠느냐."

그리고 그때 이서하가 지나가며 신태민에게 허리를 숙였다.

"안녕하십니까. 저하."

"……."

신태민은 대답하지 않고 시선을 돌렸다.

명백한 무시였지만 이서하는 다시 한 번 예의 바르게 인사하고는 신유민 바로 옆자리에 앉았다.

그러자 신유민이 이서하의 귀에 속삭였다.

"어떠냐? 원하는 대로 되었느냐?"

이서하는 흡족한 미소와 함께 말했다.

"훌륭하셨습니다."

왕자의 난은 이미 시작된 것이나 다름없었다.

신유철 국왕 전하의 연설은 짧고 굵었다.

"내 시간이 많이 남지 않은 거 같다. 나도 강진이처럼 무신경지에 올라 반로환동(返路還童)하고 그럴 줄 알았는데 이놈도 못 하는 걸 보니 나도 안 될 것 같구나."

신유철은 일부러 장난스럽게 말하며 무거운 분위기를 좀 풀어 보려 했으나 효과는 없는 것만 같았다.

여전히 분위기가 숙연하자 신유철은 웃으며 말을 이어 갔다.

"왜 그렇게 다들 고개를 숙이는 것이냐. 그래도 우리 유민이가 이렇듯 훌륭하게 나라를 운영하고 있으니 이제 아무 문제가 없을 거 같구나. 앞으로도 모두들 유민이를 도와 내가 못 이룬 태평성대를 이루거라."

그리고는 말했다.

"내년에도 보자꾸나."

연설은 그렇게 끝이 났다.

그 후 신태민은 주요 인사들과 인사를 나누고 사무신과 함께 자리를 떠났다.

누가 봐도 신년 연설 자리의 주인공은 신유민이었으니 계속 있어 봤자 더 작아질 뿐이었다.

그렇게 뒤풀이 장소에 도착하자 허남재가 그를 맞이했다.

"오셨습니까, 저하."

하지만 신태민은 화를 이기지 못하고 외쳤다.

"이런 씨바아아아알!"

한번 감정을 토해 낸 신태민은 표정을 굳히며 허남재에게 말했다.

"상황은 알고 있나? 허남재."

"알고 있습니다. 여기 명월관 3층에서 다 보입니다. 뭐, 생각보다 연출을 화려하게 했던데요. 이서하라면 그럴 줄 알고 있었죠."

"알고 있었다고?"

"모르고 계셨습니까?"

흥분한 신태민을 살살 긁는 말투였다.

그러나 신태민은 흥분하지 않았다.

그 역시 수많은 전쟁터를 헤쳐 나온 만큼 감정 조절에 이골이 나 있었으니 말이다.

"그래, 뭐 이서하가 신평과 계명의 마음을 얻은 건 알고 있었으니까. 거기다 운성이 둘로 나뉜 것도 전해 들었고. 그래도 그 쭉정이가 그렇게 당당하게 나올 줄이야."

더 이상 유약하던 형이 아니다.

신태민은 과거 형과 나누었던 대화를 떠올렸다.

오래전.

신태민은 서재에만 박혀 있던 신유민을 찾아간 적이 있었다.

"책을 보면 답이 나옵니까?"

"답이 나오지. 역사에는 앞으로 우리가 하려는 일을 직접해 보고 후회한 인물들이 나오니 말이야. 수많은 선택지 중잘못된 선택지는 다 지울 수 있지."

"그래요? 근데 그렇게 많이 배웠다고 칩시다. 하지만 옳은일을 하려면 힘이 있어야 하지 않겠습니까? 형님은 너무 사람과 안 친해서 문제입니다."

"누군가는 나와 뜻이 같지 않을까?"

"순진하시군요."

신태민은 펼쳐 있던 책을 덮으며 말했다.

"힘이 없이 할 수 있는 건 아무것도 없습니다."

그렇게 던진 충고에 형님은 그저 미소와 함께 답했다.

"새겨듣지."

비웃음 반, 답답함 반으로 던진 말이었는데 정말로 새겨들었을 줄이야.

"형님이 달라졌다."

그렇기에 할아버지의 평가도 달라진 것이었다.

"다른 건 문제가 되지 않아. 문제가 되는 건 할아버지가 완벽하게 형을 인정했다는 것이지."

할아버지는 신유민을 차기 국왕으로 세우는 데 망설임을 가지고 있었다.

그러나 이제는 연설 도중 '우리 유민이'라고 못을 박아 가며 신유민에게 더욱 힘을 실어 주었다.

더 이상 잠자코 지켜볼 수 없게 된 것이다.

그때 가만히 듣고 있던 백성엽이 의자를 빼며 신태민 앞에 앉아 말했다.

"확실히 상황은 좋지 않은 거 같습니다. 가장 중요한 건 많은 가주와 무사들을 포섭해 저하를 더 따르게끔 만들어야 합니다. 일단 천천히 수도의 관리들부터 포섭하는 것이 중요할 듯한데."

"그러면 늦습니다."

신태민은 한숨을 내쉬며 고개를 가로저었다.

"할아버지 안색을 보셨습니까? 올해를 못 넘길 것이 확실한데 1년 안에 얼마나 많은 관리들을 포섭할 수 있겠습니까? 그동안 이서하는 가만히 있고요? 시간은 우리 편이 아닙니다."

가만히 고심하던 신태민이 문득 한 가지 제안을 꺼내 들었다.

"이건 어떻습니까? 형님을 죽입시다. 이서하는 죽이기 어려워도 형님은 무공도 제대로 배운 적이 없으니 손쉽게 처리할 수 있지 않겠습니까?"

"진심이십니까?"

백성엽은 미간을 찌푸리며 말을 이어 갔다.

"다시 생각해 보시죠. 자칫하면 이 나라를 분열시킬 수도 있는 일입니다."

이 시점에서 신유민이 암살당하면 나라가 분열될 것이었다.

범인이 확실하니까.

'상황이 완전히 달라졌다는 걸 인지하지 못하시는 걸까?'

지금까지 백성엽이 신태민을 지지한 이유는 신유민의 정치적 기반이 너무나 약했기 때문이다.

나약한 왕은 절대 강한 왕국을 만들 수 없으니까.

그러나 지금은 어떤가?

현재 신유민은 신태민보다 더 큰 정치적 기반을 가지고 있었다.

4대 가문 중 가장 큰 신평의 지지.

거기에 운성의 소가주는 대놓고 신유민을 지지하고 있었고 국경을 책임지는 계명 또한 그를 바라보고 있었다.

그에 반해 신태민은 어떤가?

유일한 아군이라 할 성도는 김희준이라는 미친놈이 가주가 되어 기울고 있는 형세다.

이런 상황에서 만약 신태민이 형을 죽이고 왕좌에 앉는다면 이서하와 신평, 그리고 계명을 주축으로 반란이 일어날 것이다.

'명분도 확실하니 전란은 막을 수 없겠지.'

따르던 주인의 복수.

그보다 좋은 명분이 어디 있겠는가.

그리고 그렇게 되면 누가 승리하든 나라는 분열되어 자멸할 것이다.

그러나 신태민은 살기등등하게 말했다.

"사고로 처리하면 어떻게 알겠습니까?"

"누가 사고라고 믿겠습니까? 저하라면 그렇게 믿겠습니까? 저는 이 일에 동의할 수 없습니다."

"내가 하는 일에 장군의 동의가 필요합니까?"

신태민의 말에 백성엽은 표정을 굳혔다.

"필요 없지요. 하지만 실행하는 순간……."

잠시 서아라에 시선을 뒀던 백성엽이 다시금 신태민을 바라봤다.

"저 또한 저의 일을 해야겠지요."

이서하에게 갈 생각이었다.

신유민이 죽고 누군가가 왕이 되어야 한다면 지금처럼 이성을 잃고 날뛰는 신태민보다 이서하가 나을 테니 말이다.

"말조심하시죠. 장군."

"딱히 조심해야 할 말은 한 적이 없는 거 같습니다만⋯⋯."

신태민과 백성엽이 서로를 노려보고 있자 허남재가 끼어들었다.

"하하하, 같은 편끼리 왜 그러십니까? 그만큼 답답하다는 이야기지요. 하지만 백성엽 장군님의 말도 맞습니다. 적어도 국왕 전하 서거 전까지는 신유민 저하를 건드리면 안 됩니다. 국왕 전하가 미쳐 날뛰기 시작하시면 피바람이 불 테니 말이죠."

허남재가 너스레를 떨며 상황을 종료시키고 나서야 신태민이 표정을 풀었다.

그러나 언짢은 감정은 여전히 남아 있었다.

"그래. 나도 알고 있다. 장군, 내가 흥분해서 헛소리 좀 했다고 그렇게 말을 섭섭하게 하십니까? 실망입니다."

"⋯⋯죄송합니다."

백성엽은 자리에서 일어나며 말했다.

"아직 수도 정치만큼은 우리가 더 앞서는 부분이 많습니다. 다른 선인들도 제가 최대한 포섭해 보도록 하죠. 그럼 할 일이 많아서 이만 나가 보겠습니다."

"부탁하겠습니다. 장군."

"네, 저하."

서아라가 백성엽의 뒤를 쪼르르 따라 나가자 신태민이 허남재를 향해 물었다.

"백성엽 장군은 계속 지켜보고 있는가?"

"네, 아직 별다른 움직임은 없습니다. 이서하와 접점도 없고요."

"그래."

백성엽과의 관계가 틀어지고 있음은 신태민 또한 느끼고 있었다.

그리고 오늘.

확신이 들었다.

뭔가 잘못되어 가고 있다는 것을.

"백성엽과 이서하가 접촉하는 게 보이면 바로 알려라."

"네, 저하."

일단은 상황을 지켜볼 때였다.

"그나저나 정말로 문제가 심각하군. 형님을 죽이는 게 가장 좋은 방법인데 말이야."

"그래서 말입니다. 아직도 이서하가 아깝습니까?"

"아깝지."

신태민은 그렇게 중얼거리다 말했다.

"어릴 때 왜 안 죽였는지. 그 기회가 너무 아깝다."

"그럼 지금이라도 죽이시죠."

신태민은 눈썹을 치켜올렸다.

"그래, 그게 맞지. 하지만 화경의 고수인데, 위험하지 않겠나?"

"위험하죠. 하지만 위험하지 않은 일이 어딨습니까? 대신 우리도 가장 강한 칼을 씁시다. 안 통하면 어쩔 수 없죠. 최강의 패를 가지고 다 밀어 넣었는데 지면 그게 끝 아니겠습니까?"

침을 튀기며 말하던 허남재는 진명에게로 시선을 돌렸다.

"그런 의미로 진명 무사님. 부탁합니다."

신태민은 진명을 돌아보았다.

지금까지 외부의 암살자를 이용해 왔던 것은 실패 시의 위험 부담을 최대한 낮추기 위함이었다.

진명같이 얼굴이 알려진 신태민의 사람이 암살을 시도하다 실패한다면 빼도 박도 못하는 상황이 될 테니 말이다.

하지만 이제 방법이 없다.

외부의 손을 빌리기에는 이서하가 너무 커 버렸으니 말이다.

'암부 최강의 암살자도 실패했다.'

신태민은 잠시 고민하다 물었다.

"성공할 수 있겠나? 진명."

"성공해내겠습니다."

"그래, 그러면……."

신태민은 자리에서 일어나 진명의 어깨를 두드렸다.

"부탁 좀 하마. 전적으로 너에게 맡기지. 기회를 봐서 가장 안전하고 확실하게 처리하거라."

"명 받들겠습니다."

진명이 나가자 옆에 있던 허남재가 입을 열었다.

"일대일로 진명 무사님을 이길 수 있는 존재는 많지 않습니다. 그 나찰과 비등하다는 산족(山族) 출신이니까요."

"그래, 믿어 봐야지."

이제 기다리기만 하면 될 일이었다.

◆ ◈ ◆

설 일정이 시작되고 나는 그 누구보다 바쁜 시간을 보내고 있었다.

나한테 인사하고 싶은 사람이 뭐 그리 많은지.

한참을 손님들에게 시달린 나는 몰래 빠져나와 잠시의 여유를 만끽했다.

그때 키 작은 소녀가 나에게 다가왔다.

"야, 얼굴 보기 힘들다?"

박민아 선배였다.

"아, 선배."

"춥지? 따뜻한 물이야. 마셔."

"춥지는 않지만 잘 마시겠습니다."

"아이고? 잘나셨어."

진짠데.

이제 한서불침이란 말이다.

내 옆자리에 앉은 민아 선배는 뜨거운 물을 홀짝이며 말했다.

"근데 네 친구들은 어딨어?"

"민주 찾으세요? 민주는 신평 사람들이랑 같이 있는 줄 알았는데."

"민주는 알아. 한영수가 찾아왔더라고."

한영수가?

그놈 아직도 포기 안 했나?

그나저나 갑자기 왜 반한 건지 모르겠다.

신권대회 중에 뭔 일이라도 있었나?

그렇게 생각하고 있을 때 민아 선배가 말을 이어 갔다.

"그 왜 예쁜 친구 있었잖아. 그 친구는?"

"아린이요? 아린이는 이따 저녁에 만나기로 했어요."

"그렇구나. 오늘 저녁은 선약이 있구나. 그럼 혹시 내일 저녁은 시간 괜찮아? 그래도 우리가 선인 시련 동기인데 밥 한 번은 먹어야지. 일 년에 한 번 보기도 힘든데."

"내일 저녁은 괜찮죠. 제가 사겠습니다."

나의 말에 박민아 선배가 웃으며 고개를 끄덕였다.

"그래! 그러면……."

그때였다.

"어! 형이다. 안녕하세요."

두 소년이 나를 향해 다가오며 인사했다.

서진후의 아들.

서민기와 서민수였다.

아무래도 아빠를 보러 온 것만 같았다.

"얘들아. 아빠 보러 왔니?"

"네, 아버지는……."

그리고 때마침 저 멀리서 신유민 저하와 서진후가 나오는 것이 보였다.

무표정하게 주변을 살피며 오던 서진후는 아이들을 발견하고는 밝게 웃었다.

"어, 얘들아……."

그러나 이내 표정을 굳히고는 신유민 저하의 옆에 섰다.

호위 무사에게는 가족보다 호위 대상이 더 중요한 법이지.

그 상황을 눈치챈 신유민 저하가 말했다.

"다녀오게. 내 옆에 이렇게 훌륭한 무사들이 많은데 무슨 일이라도 있겠는가?"

"그럼 금방 다녀오겠습니다."

"충분히 회포를 풀고 와도 된다네. 다녀오게나."

저하의 허락을 받은 서진후는 한걸음에 달려와 두 아들을 안았다.

"학관은 어떠냐? 집은 춥지 않고?"

"네, 괜찮아요. 아버지. 학관 성적도 괜찮고 집도 전과는 비교할 수 없어요."

"우와! 진짜 태자 저하를 호위하시는 거예요? 우리 아빠 최고!"

"그래, 너희도 열심히 수련해서 태자 저하의 힘이 되어야
한다."

세상을 다 가진 듯 행복한 표정.

'저런 표정도 짓는구나.'

항상 무표정, 혹은 화난 얼굴만 보다가 저런 표정을 보니
새삼 사람이 다르게 보인다.

때마침 잘됐다.

나는 서진후에게 다가가 말했다.

"호위 무사님, 잠시만."

"네, 선인님."

아이들은 잠시 민아 선배가 봐 주었다.

나는 바로 본론으로 들어갔다.

"오늘 신태민의 표정이 많이 안 좋더군요. 무슨 돌발 행동
을 할지 모르니 호위에 특별히 신경 써 주셨으면 합니다."

"그러지 않아도 그럴 생각이었습니다."

신태민 그 자식 살기등등하게 밖으로 나갔었지.

필요 이상으로 긁어 버린 것일 수도 있겠다.

'신유민 저하를 노릴 수도 있겠지.'

사람이 미쳐 버리면 못 할 일이 없으니 말이다.

'그래도 한 번은 필요한 연출이었어.'

부작용은 내가 감내해야지.

"그래서 서진후 무사님을 도울 사람을 한 명 부를 생각입니다."

"좋은 생각입니다. 아무래도 한 사람의 집중력으로는 힘든 부분이 있으니까요."

"네, 만약을 대비해야죠. 앞으로도 저하를 잘 부탁하겠습니다."

"이 한목숨 바쳐 지켜 드릴 생각입니다."

아이들을 돌아보는 서진후의 표정에는 비장함마저 감돌았다.

"선인님과 저하에게는 받은 은혜가 있으니까요."

서진후가 고개를 숙이고 멀어지고 나는 찬 공기를 들이마셨다.

'이제부터는 앞날을 모르겠네.'

너무 많은 것이 바뀌었기에 미래를 알 수가 없었다.

하지만 한 가지는 확실했다.

'신태민은 이대로 물러나지 않을 거야. 절대로.'

그렇기에 할 수 있는 모든 걸 할 생각이었다.

Chapter 87.

　신유철은 밝은 달을 올려다보았다.

　구름 한 점 없는 하늘에서는 신기하게도 눈송이가 나풀나풀 휘날리고 있었다.

　"이제 정말로 결정을 내려야 할 때가 되었구나. 강진아, 너 또한 태민이를 추방해야 한다고 생각하느냐?"

　권력 다툼을 끝내는 방법은 간단하다.

　태자를 책봉하고 나머지 자격 있는 자들을 모두 추방하는 것이었다.

　영주로 세우든, 뭐든 해서 밖으로 내쫓기만 한다면 권력 다툼의 여지를 없앨 수 있을 테니 말이다.

그러나 신유철은 그러지 못했다.

그저 사이좋게 지내며 힘들 때 서로의 도움이 되어 주는 형제로 남기를.

그런 이상적인 기대를 품고 있었으니 말이다.

하지만 헛된 바람이었다.

"신태민 저하는 절대로 포기하지 않을 것입니다. 지배자의 성향을 지니고 태어났으니까요."

"역시 그렇겠지……."

이번 신년 연설에서 완벽하게 둘로 나뉜 세력을 보고 인정할 수밖에 없었다.

"유민이가 어느 정도 세력을 갖추면 포기할 줄 알았는데 말이야."

오히려 더 큰 파국을 불러일으킨 셈이 되어 버렸다.

"신태민 저하가 합리적인 사람이라면 그랬겠지요. 하지만 합리적인 사람은 국왕 같은 것에 욕심낼 리는 없지 않겠습니까?"

이강진의 말에 신유철이 쓴웃음을 머금었다.

"그래, 이 망할 자리가 뭐가 좋다고. 그나저나 강진이 너도 둘째 아들과 사이가 좋지 않은 것으로 아는데, 최근엔 관계를 회복했다 들었다. 어떻게 갑자기 사이가 좋아진 것이냐?"

"한 가지를 포기했을 뿐입니다."

"포기? 무엇을 말이냐?"

"욕심입니다."

이강진도 사람인지라 아이들을 키우는 데 많은 실수를 범했다.

첫째 아들 이장원이 태어났을 때는 너무나도 예뻐 그 무엇도 강요하지 않았었다.

하고 싶은 것만 하고, 하기 싫은 건 뭐든 하지 않아도 된다면서.

그 결과 이장원은 양반집 철없는 도련님이 되어 결국 선인도 되지 못했다.

이를 후회했던 이강진은 그 누구보다 엄하게 둘째 이상원을 가르쳤다.

이상원에게는 재능이 있었고, 또 이강진의 기대에도 부응해 주었다.

그러나 인생의 방향을 자기 마음대로 맞춘 데 따른 부작용이었을까?

이상원은 무사를 그만두었고 이에 실망한 이강진은 아들과 몇 년간 척지고 살았었다.

"그 모든 것이 제 욕심 탓이더군요."

전부 자기 탓이었음을 알아차리는 데 너무나도 오랜 시간이 걸렸다.

그러나 늦지는 않았다.

서로 화해할 수 있었으니까.

"욕심을 버리십시오, 전하. 해야 할 일은 해야 하는 겁니다. 내 마음대로 움직이는 사람 같은 건 이 세상에 없습니다. 그것이 자식, 손자라고 할지라도 말이죠."

"……그래. 내 일의 마무리는 짓고 떠나야지. 밖에 누구 있느냐?"

"네, 전하."

"유민이랑 태민이에게 전하거라. 내일 등산이라도 같이 가자고."

"네, 바로 전달하겠습니다."

신유철은 만족스럽게 고개를 끄덕이며 술잔을 채우자 이강진이 걱정스럽게 바라보았다.

"운이가 술은 드시지 말라고 하지 않았습니까?"

"이거 없으면 사는 의미가 없지."

신유철은 웃으며 술잔을 들이켰다.

"너무 늦기 전에 바로잡아 보마. 강진아."

그럴 생각이었다.

그리고 신유철의 뜻은 바로 신태민에게 전달되었다.

"할아버지가? 언제쯤 가자고 하시더냐?"

"내일이라고 하셨습니다."

"그래, 그러겠다고 전해 드려라."

호위 무사가 고개를 숙이며 사라지고 신태민은 표정을 굳혔다.

'내일이라…….'

잠시 생각에 잠겨 있던 신태민은 미소를 지었다.

"남재와 건하를 불러라. 한시가 급하니 지금 당장 오라고 말이야."

기회가 온 것만 같았다.

◆ ◈ ◆

저녁.

나는 아버지와 함께 아린이와의 저녁 식사에 참석했다.

정확히 말하면 아린이의 아버지인 유현성과의 저녁 식사라고 해야겠지만 말이다.

"후암의 배치는 어떻게 되어 있습니까?"

후암(後暗).

전국에 퍼져 있던 이들은 현재 모두 수도에 들어와 있는 상황이었다.

"기본적으로 각자 자기들이 맡은 가주들을 감시 중이다."

"혹시 그들을 전부 신태민 측 세력에 붙일 수 있겠습니까?"

"우리 사위 부탁이라면 가능하고말고."

"……부탁합니다."

사위라는 말이 걸리지만, 지금은 그런 사소한 걸 신경 쓸 때가 아니었다.

'만반의 준비를 해야 해.'

신유민 저하는 별문제가 없을 것이다.

수도 안에서는 수많은 호위 무사가 붙어 있을 것이고 서진후가 잠도 자지 않고 저하의 옆을 지켜 줄 테니까.

또한 내가 부른 새로운 호위도 지금쯤이면 거의 도착했을 것이다.

"상황을 실시간으로 보고해 주셨으면 합니다."

"설마 난이라도 일어날 거라 생각하느냐?"

나는 조심스럽게 고개를 끄덕였다.

회귀 전.

신태민은 국왕 전하가 돌아가시고 어수선한 틈을 타 신유민 저하를 제거했다.

'국왕 전하가 서거하시면 자연스럽게 권력이 양도될 테니까.'

당시 신유민 저하의 대리청정은 막장이라고 불러도 과언이 아닐 정도였다.

신태민은 사사건건 반대를 해 왔고 모든 관리들이 그의 반대에 힘을 보탰다.

신유민 저하는 그냥 옥좌에 앉은 인형이었을 뿐이라는 거지.

그러나 지금은 그때와 상황이 다르다.

신유민 저하는 확실한 지지 세력을 등에 업고 훌륭하게 대리청정을 해냈다.

회귀 전과 달리 모든 것이 신태민에게 불리하게 작용하고 있었다.

그러니 초조할 것이다.

형이 왕이 되는 걸 두고만 볼 수도 없고, 그렇다고 할아버지가 뻔히 살아 있는 상황에서 형을 암살하기도 힘들 테니까.

지금 상황에선 신태민이 왕좌를 포기하는 것도 기대해 볼 만하지만……

'그럴 리가 없겠지.'

현실에서 눈을 돌릴 수는 없었다.

"그래, 그렇게 진행하도록 하마."

"아린이는 아버님 잘 지켜 드리고."

"응, 그래야지. 아빠는 약하니까."

유현성은 씁쓸한 얼굴로 아린이를 돌아봤다.

"아빠도 강해. 아린아."

"수련을 너무 게을리하셨어요. 지금이라도 저랑 같이하시는 거 어때요?"

"우리 딸이랑 수련하면 너무 좋지. 좋은데."

유현성은 나를 힐끗 바라봤다.

"그 상혁이라는 친구랑 하는 걸 보니까 수련이 아니라 서로 고문을 하던데. 그거 수련 맞겠지? 그렇지 않나? 우리 사위?"

저 물음에는 대답할 수가 없다.

가끔씩 지금 내가 하는 게 수련인지 뭔지 나도 모르겠거든.

어쨌든 그렇게 음식이 코로 들어가는지 입으로 들어가는지도 모르게 저녁 식사가 끝이 나고 난 아버지와 단둘이 저택으로 향했다.

인적이 없는 거리.

아버지가 슬쩍 나에게 물었다.

"아무리 그래도 설마 형제끼리 서로 죽이기까지야 하겠느냐?"

"보통 사람이라면 그렇겠죠."

상식적으로는 이해가 가지 않는 행동이다.

그러나 역사책만 펼쳐 보아도 형제끼리, 부모 자식끼리 서로를 죽이는 일이 얼마나 많았던가.

"세상에는 별별 인간들이 다 있는 법이니까요."

회귀 전, 나는 온갖 군상들을 마주했다.

특히나 권력에 중독된 이들은 목적을 이루기 위해 수단과 방법을 가리지 않았다.

지금처럼.

'누군가 따라오고 있다.'

내 육감에 감지되었다 사라지기를 반복하는 괴한이 있다.

'고수네.'

일부로 자신을 드러냈다 숨었다가를 반복하는 것이었다.

'일부러 자신을 드러내는 이유는 아마⋯⋯.'

경고하는 것이다.

혼자가 되지 않으면 둘 다 습격하겠다고.

아버지가 인질인 셈이다.

'역시나 예상대로네.'

신태민이 보낸 암살자라는 것쯤은 쉽게 예측할 수 있다.

신유민 저하 아니면 나를 노릴 줄은 알고 있었다.

예측을 하면서도 딱히 준비하지 않은 이유는 내 실력에 자신이 있기 때문이다.

일종의 함정.

해볼 테면 해보라는 뜻이다.

'차라리 잘됐다.'

역으로 내가 저 암살자를 잡는다.

화경의 고수인 나를 잡기 위해 엄청난 실력자를 보냈을 것이 분명했다.

'신태민 세력에서 그 정도 실력자라면……'

떠오르는 이는 한 명뿐이었다.

'피할 이유는 없다.'

저 암살자만 잡을 수 있다면 난이 시작되기도 전에 신태민을 몰아넣을 수 있을 것이다.

그렇게 생각하는 사이 저택 앞에 도착한 나는 너스레를 떨었다.

"아아아! 깜빡했네. 아버지, 저는 다른 약속이 있어서 어디좀 가 봐야 할 거 같습니다."

"다른 약속? 이 시간에?"

"네. 제가 좀 바쁜 몸 아니겠습니까? 아버지 아들 지금 수도 최고의 인기인입니다. 모르셨습니까?"

"참 나. 잘난 척은. 우리 반푼이가 많이 컸네."

"그럼요. 그때의 제가 아닙니다."

아버지는 안으로 들어가다 고개를 돌렸다.

"무리하지 마라. 네가 맡은 일이 많은 건 알지만 나한테도 이제 너 하나뿐이니까. 서하야."

"그럼요."

가족이라고 하나밖에 남지 않은 건 아버지도 마찬가지였다.

"금방 돌아오겠습니다."

이윽고 저택 문이 닫히고 나는 싸우기 적당한 곳으로 향했다.

그렇게 도착한 강변(江邊).

물살이 빠르기로 유명한 강은 얼지도 않았다.

나는 주변을 둘러보다 말했다.

"이쯤이면 괜찮지 않을까?"

이윽고 한 남자가 모습을 드러냈다.

검은 장발과 수려한 외모.

그의 손에는 얇은 장검과 칠흑의 소태도가 들려 있었다.

"신태민의 호위 무사. 진명. 맞지? 이렇게 대놓고 올 줄은 몰랐는데."

"……."

진명은 대답하지 않았다.

죽은 눈에서는 감정조차 보이지 않는다.

나는 극양신공을 사용했다.

주변이 황금빛으로 빛난다.

'숨겨진 고수. 진명.'

그가 얼마나 강하지는 정확하게 알려지지 않았다.

그러나 언젠가 신태민은 이렇게 말한 적이 있다.

이 왕국에서 가장 강한 무사는 진명이라고.

다만 그 발언이 할아버지가 나찰의 계책에 빠져 돌아가신 뒤에 언급된 터라 온전히 믿을 수는 없지만 말이다.

'그래도 방심할 수는 없겠지.'

최악의 경우 목만 베어 간다.

내가 자세를 잡자 진명이 달려들었다.

공격적으로 검을 휘두르는 진명.

'빠르다.'

마치 바람과도 같은 움직임.

검은 기운이 사방에서 덮치는 것만 같았다.

'신태민이 헛소리를 한 건 아니네.'

왕국 최강.

그 말이 허언까지는 아닌 듯싶었다.

그래도 피할 수 없는 수준은 아니다.

나는 공시대보로 공격을 피하며 기회를 노렸다.

초조해하지 말자.

단 한 번.

단 한 번만 기회가 온다면 제압할 수 있다.

그렇게 기다리기를 한참.

이윽고 내가 기다리던 기회가 왔다.

나는 온몸의 기를 모아 검을 내질렀다.

황금빛 섬광이 진명의 심장을 향해 날아갔다.

일검류(一劍流), 일섬(一閃).

섬광이 진명의 가슴을 뚫었다.

될 수 있다면 살리고 싶었으나 그렇게 여유를 부릴 수 있는 상대가 아니었다.

그런데 그 순간이었다.

진명이 앞으로 걸어 나오며 소태도로 나의 등을 찍었다.

푹!

고통이 전달되기가 무섭게 진명이 계속해서 팔을 움직였다.

푹! 푹! 푹!

찰나의 순간에 세 번을 찔렸다.

'망할.'

심장을 찔리고도 이렇게 움직인단 말인가?

고수의 싸움이 아니었다.

그저 서로를 죽이기 위한 막싸움.

그렇다면 나도 답해 줄 생각이었다.

나는 천광을 뽑은 뒤 진명의 배에 꽂아 넣었다.

막을 생각도 하지 않는다.

진명은 그저 자신의 검을 내 몸에 꽂아 넣는 것에만 집중했다.

화려한 초식이고 뭐고 없다.

서로의 몸에 검을 꽂아 넣을 뿐.

"우오오오오!"

"……."

푹! 푹! 푹! 푹!

몇 번이나 검을 꽂아 넣었을까.

순간 머리가 멍해지면서 다리에 힘이 풀린다.

한계다.

나는 온몸에 구멍이 뚫린 채 서 있는 진명을 바라봤다.

"이야, 괴물 같은 놈."

내가 할 말은 아닌 거 같지만 말이다.

진명은 아프지도 않은지 뚜벅뚜벅 내 앞으로 걸어왔다.

난 이제 싸울 힘이 없다.

그래도 이건 내가 이겼다.

나는 애써 뒤로 물러나며 진명에게 말했다.

"내가 이겼어. 이 새끼야."

내가 괜히 이 강가로 온 줄 아는가?

항상 최악을 생각하라.

그것이 나의 좌우명이다.

언제나 만약을 대비해야지.

"잘 죽어라. 진명."

나는 망설임 없이 강으로 몸을 날렸다.

거친 물살이 나를 안전한 곳으로 데리고 가 줄 것이었다.

'나머지는…….'

적오의 심장이 알아서 해 주겠지.

'그런데…….'

눈이 감긴다.

의식은 붙잡고 있어야 하는데 말이다.

'이거 큰일 났네.'

설마 죽지는 않겠지?

그렇게 눈을 감는 순간.

회귀 전, 처참했던 내 인생이 눈앞에 펼쳐지기 시작했다.

이서하가 물살에 휩쓸려 간다.

진명은 즉시 물속으로 뛰어들려 했으나 무릎을 꿇으며 계획을 접을 수밖에 없었다.

"하아……."

서로를 찌르는 과정에서 진명의 몸에도 수없이 많은 구멍이 뚫렸고, 그곳에서 흘러나온 핏물이 바닥을 적시고 있었다.

그것뿐이랴.

심장을 관통당한 건 부정할 수 없는 치명상이었다.

'내가 이겼다.'

승리를 확신하며 자신만만해하던 이서하의 모습이 떠올랐다.

현재 진명은 약선이 찾아온들 무의미한 상태.

이서하의 말대로 자신의 패배였다.

그리고 그에 따른 결과로 곧 죽음을 맞이할 것이다.

'내가 평범했다면 그랬겠지.'

이서하와 같은 인간이었다면 말이다.

"크흡."

진명은 이를 악물고 핏대를 세웠다.

그러자 배와 다리, 등, 그리고 처음에 찔렸던 심장까지.

셀 수 없이 빼곡했던 구멍들이 서서히 아물어 가기 시작했다.

이 모든 건 자연의 축복 덕분이었다.

산족(山族)은 태어날 때부터 자연의 축복을 받는다.

그리고 진명이 받은 축복은 바로 불사.

목이 잘리지만 않으면 그 어떤 상처도 회복하는 능력이었다.

물론 모든 힘에는 그에 걸맞은 대가가 수반되는 법.

불사와 함께 주어진 건 고통이었다.

그것도 공격당했을 때 느꼈던 고통의 100배를 감내해야 한다는 조건이 붙은.

그렇기에 전투 중에는 회복할 엄두조차 낼 수 없었다.

아무리 진명이라도 회복할 당시에는 정신을 부여잡는 것만으로도 벅찼으니 말이다.

"……!"

형용할 수 없을 고통이 온몸을 난도질하듯 헤집었다.

자연스레 얼굴이 새빨개지고 두 눈은 금방이라도 튀어나
올 듯 커다래졌다.

그럼에도 굳게 다물어진 입술에선 단 한 번의 신음도 흘러
나오지 않았다.

기절해도 부족하지 않을 고통에도 진명은 묵묵히 견디며
집중을 유지했다.

그렇게 한참의 시간이 흘렀을 무렵.

진명이 참아 왔던 숨을 토해 냈다.

"……후우."

모든 상처는 말끔히 치유되었다.

그럼에도 진명은 여전히 무릎을 꿇은 채 일어나지 않았다.

고통까지 말끔히 사라지려면 조금의 시간이 더 필요하기
때문이었다.

그러나 그건 부차적인 이유에 지나지 않았다.

이젠 모습조차 보이지 않는 상대가 여전히 머릿속을 뒤흔
들고 있었던 것이다.

진명의 시선이 거세게 흘러가는 강물에 고정되었다.

'우연하게 벌어진 일이 아니다.'

건장한 남성이라 할지라도 저 유속이라면 안전을 장담할
수 없다.

그런 곳에 부상당한 몸을 의도적으로 내던졌다.

어차피 죽을 상황이니 스스로 목숨을 끊은 게 아니냐고 여길 수도 있을 것이다.

하지만 진명은 똑똑히 보았다.

'절대 삶을 포기한 눈이 아니었다.'

이서하의 눈은 살아남을 것이라는 의지를 분명하게 드러내고 있었다.

그렇게 생각하니 모든 게 모순투성이였다.

자신을 상대로 무자비한 전투 방식을 고수했다.

심각한 부상을 입고 거센 강물에 몸을 내던졌다.

암부와 은월단에게서 접한 정보들과는 괴리감이 느껴질 만큼 확연하게 다른 모습.

그러나 진명은 괴리감의 원인을 금세 알아챌 수 있었다.

'기대하는 무언가가 있다.'

아마도 자신과 비슷한 능력일지도 모른다.

죽어 마땅한 상황에서도 멀쩡히 살아 나온 전적이 있었으니 말이다.

'그러나……'

진명은 시선을 내려 은은하게 음기를 뿜어내는 존재를 바라보았다.

단 한 번만 찔려도 스스로 목숨을 끊게 만들어 귀도(鬼刀)라 불리는 칠흑의 소태도.

이것으로 족히 10번은 넘게 찔렀다.

'내가 이서하라면…….'

심각한 부상을 안고 차가운 물속에 빠진 상태에서 이를 감
당할 수 있을까?

오래 고민할 필요도 없는 질문이었다.

'불가능하다.'

이서하가 숨긴 능력이 무엇인지는 알 수 없다.

하지만 그게 무엇이 되었든 큰 도움이 되지 못할 것이다.

몸의 상처를 회복하는 것과 절멸도(絶滅刀)의 음기에서 벗
어나는 건 별개의 문제였으니 말이다.

설령 만독불침의 경지에 올라섰다 해도 달라지는 건 아무
것도 없었다.

그가 맞이할 미래는 단 하나뿐.

'담담하게 죽음을 받아들여라.'

그것이 절멸도에 찔린 순간부터 이서하에게 정해진 운명
이었다.

생각을 마친 진명은 자리를 털고 일어나 내려다보았다.

치열한 전투를 벌인 탓에 옷이 엉망이었다.

이대로 이동하면 이목을 끌게 될 것은 자명한 일.

보고보다는 환복이 먼저였다.

그렇게 곧장 자신의 방으로 이동한 진명은 새로운 예복으
로 갈아입은 뒤 신태민의 저택으로 향했다.

"왔느냐?"

내부에 들어서기 무섭게 신태민이 벌떡 일어나 다가왔다.

자신이 돌아오기만을 학수고대하고 있었던 듯 그는 본론부터 꺼내 들었다.

"어떻게 됐느냐? 이서하는 완벽하게 처리했느냐?"

신태민의 표정은 마치 선물을 받기 직전의 아이 얼굴과 동일했다.

어서 빨리 자신이 원하는 답을 내놓으라는 욕망으로 번들거렸던 것이다.

이에 반해 진명은 진중하게 결과를 밝혔다.

"……완벽하지 않습니다."

예상대로 신태민의 표정은 빠르게 굳어 갔다.

완벽하지 않다.

이서하가 살아 있을 가능성을 배제해선 안 된다는 말이었다.

계획이 틀어질 수 있다는 암시이기도 했고.

그러나 진명은 전과 다를 바 없는 고조로 말을 이어 갔다.

"절멸도로 등과 가슴, 그리고 복부를 정확히 14회 찔렀습니다만, 최후의 일격을 날리기 전에 스스로 강에 투신했습니다."

"그 정도면 확실한 거 아닐까요?"

허남재가 끼어들며 희망을 엿보았으나 진명은 단호하게 고개를 저었다.

"직접 목을 자르지 않은 이상, 장담할 수 없습니다."

두 눈으로 확인하지 못했다면 그 무엇도 확신해선 안 됐다.

그렇게 잠시간 세 사람 사이에 침묵이 찾아왔고.

어두운 얼굴로 생각에 잠겨 있던 신태민이 이내 만족스럽단 기색을 내비치며 진명의 어깨를 두드렸다.

"괜찮다. 그 정도면 확실하다고 해도 돼. 네 신중한 성격이야 잘 알지만, 그것이 과하면 탈이 된다."

"그래야 하는 적입니다."

"안다. 이서하는 그런 존재지. 하지만 네 말대로라면, 살아 있다 한들 한동안 인간 구실은 못 할 것 아니냐?"

잠시 고민하던 진명은 고개를 끄덕였다.

"그럴 것입니다."

"그럼 됐다. 어차피 하루만 없어져 주면 될 일이니."

강한 정신력으로 절멸도의 환상에서 빠져나올 가능성도 있다.

하지만 아무리 빠르게 되돌아온다 해도 그가 할 수 있는 건 아무것도 없을 것이다.

수도에 도착했을 땐 모든 상황이 종료되어 있을 테니까.

뒤이어 찾아온 자괴감과 낙담은 그를 무너져 내리게 만들 것이다.

"네 덕분에 첫 단추는 잘 끼웠구나."

지금껏 보여 준 모습들을 비춰 보면, 이서하는 자신의 앞날에 커다란 걸림돌이 될 것이었다.

그렇기에 작전의 이행에 앞서 가장 먼저 수반되어야 할 전제 조건이 바로 이서하의 제거.

완벽하지 않아도, 소기의 목적은 달성한 셈이었다.

"수고 많았다. 내일부턴 할 일이 많을 테니, 오늘은 이만 돌아가 쉬거라. 작전의 내용은 여기 남재가 적어 놓았으니 살펴보고."

"네, 저하."

진명은 서신을 받아 들고는 밖으로 나갔다.

신태민은 그 뒷모습을 가만히 바라보며 미소 지었다.

"속이 다 시원하구나."

이서하.

내내 신경에 거슬리던 눈엣가시가 마침내 사라진 것이었다.

무거운 눈꺼풀에 힘을 줘 들어 올렸다.

서서히 벌어지는 틈 사이로 눈부신 햇빛이 들어온다.

뒤이어 보인 건 새파란 하늘.

그리고 이어지는 웅성거리는 소리.

'……음?'

의문도 잠시, 차츰 정신이 돌아오며 소리는 명확해져 갔다.

반면 내 눈동자는 거세게 요동치며 시야를 흔들리게 만들었다.

"……!"

말문이 막혀 어떠한 말도 내뱉지 못했다.

그만큼 전혀 뜻밖의 상황이 펼쳐지고 있었다.

"꺄아아악!"

"전열을 지켜! 도망치면 다 죽는다!"

"싫어어어어어어!"

웅성거림으로 여겼던 것은 도망치는 사람들의 비명과 무사들의 외침.

푸른 창공과 대비되게 그들의 주변은 온통 붉은색으로 가득했다.

여기저기 널브러진 시체들이 지면을 피로 물들이고 있었다.

'대체 무슨 일이 벌어지고 있는 거야?'

뭐가 어떻게 된 건지 도통 모르겠다.

진명과 싸우다 강에 뛰어들며 정신을 잃은 것이 내가 기억하는 마지막 장면이었다.

그런데 다시 깨어나고 보니 살육의 현장이 펼쳐지고 있다?

이를 어떻게 받아들여야 할까.

그렇게 의문만을 자아내는 광경을 멍하니 둘러보던 나는 무언가를 바라보며 굳어 버릴 수밖에 없었다.

"저게 왜 여기에……."

내겐 너무나도 익숙한 곳.

그곳이 노을처럼 붉게 타오르고 있었다.

이 나라의 상징인 왕궁이 말이다.

'그럼 여기가······.'

아니라고 부정하고 싶지만, 그럴 수도 없었다.

"끄아아악!"

"살려 줘!"

끝없이 들려오는 사람들의 비명이.

주변으로 보이는 익숙한 거리가.

화마에 휩싸여 무너져 가는 왕궁이.

그 모든 것들이 내가 있는 이곳이 수도 한복판임을 가리키고 있었다.

나는 가까스로 정신을 다잡으며 주변을 돌아보았다.

마수들이 하늘과 땅 곳곳에서 날뛰고 있었고, 적은 그들로 끝이 아니었다.

마수들에 대항하는 무사들과 동일한 복장을 갖추거나 누가 봐도 사람이라 생각할 이들.

그러나 어디 하나 정상이라 볼 수 없는 존재들도 함께 달려들고 있었다.

그 탓에 무사들은 속수무책으로 당하기만 했다.

앞선 왕궁만큼이나 무척이나 눈에 익은 광경.

단순한 착각이 아니었다.

나는 실제로 이 광경을 본 적이 있었다.

그 순간이었다.

"이서하! 이 망할 새끼야!"

퍽! 하는 소리와 함께 뒤통수에서 얼얼한 통증이 느껴졌다.

"뭘 멍하니 자빠져 있어! 얼른 안 움직여!"

나는 고개를 돌려 씩씩거리며 소리치는 사람을 바라봤다.

"……소대장님?"

회귀 전.

처음 수비대에 배치되며 알게 된 사람이었다.

덜떨어지고 나이만 많은 나에게 폭언만을 일삼던 젊은 소
대장.

"당신이 어떻게……."

살아 있을 수 있는가?

수도 방위전에서 죽는 모습을 두 눈으로 똑똑히 목격했는데.

계속되는 의문은 하나의 가설을 떠올리게 만들었다.

'내가 회귀 전으로 돌아왔다는 건가?'

그게 아니고선 설명할 길이 없었다.

죽었던 이가 눈앞에 있고 경험했던 일들이 똑같이 반복되
고 있었으니까.

하지만 그와 별개로 또 다른 의문이 마음을 헝클어 놓았다.

어떤 연유인지는 모르나, 이 상황은 절대로 내가 원한 결과
가 아니었다.

'난 분명히 회귀했는데…….'

과거로 돌아가 아린이를 구했고, 상혁이의 재능을 꽃피웠

으며, 수많은 악재들을 호재로 바꾸며 내 위치를 잡았다.

계획들이 순조롭게 진행되며 암울했던 미래도 바꿀 수 있으리라 확신했다.

그런데 왜?

왜 다시 돌아온 것인가?

이 생지옥으로.

"대체 왜⋯⋯."

그렇게 누구를 향한 것인지 알 수 없는 물음을 반복하고 있을 때.

"야 이 반푼이 새끼야!"

젊은 소대장이 멱살을 붙잡으며 강제로 고개를 들게 만들었다.

"잘 들어라. 여기서 사자(死者)가 더 늘어나면 방법이 없어."

"⋯⋯."

내 의사와 상관없이 소대장은 자신이 할 말만 이어 갔다.

눈앞의 이가 내가 아는 소대장이 맞다면.

그리고 지금의 상황이 기억 속의 그때와 동일하다면.

무슨 내용이 이어질지는 굳이 듣지 않아도 알 수 있었다.

역시나, 그다음 이어진 말은 기억과 토씨 하나 다르지 않았다.

"상부에서 명령이 내려왔다. 살아 있는 시민들의 팔과 다리를 잘라."

수도의 시민들을 대피시킬 수도 없고 더 이상 적이 늘어나게 내버려 둘 수도 없다.

그래서 생각해 낸 것이 시민들의 사지를 잘라 버리는 것.

사자가 되더라도 일어서지 못하게 만들어 후환을 줄이겠다는 속셈이었다.

미친 명령이었지만, 회귀 전의 나는 이를 수행했었다.

살려 달라고 우는 사람들의 팔과 다리를 무자비하게 베었다.

명령 때문이라는 핑계를 대면서.

내가 살기 위해서라는 속내를 애써 감춘 채 말이다.

하지만 지금은 아니다.

"안 됩니다! 이건 산다만. 산다만 죽이면 됩니다."

"산다?"

"나찰이요. 이 사자를 일으키고 있는 나찰을, 산다를 죽이면 해결됩니다! 분명 여기 어딘가에 있을 겁니다!"

청신동란 때처럼, 산다만 처치하면 이 위기는 금세 종식될 것이다.

그러나 그건 나 혼자만의 생각이었다.

"너 뭐 잘못 먹었냐? 가서 시민들 팔다리를 자르라니까 헛소리를 하고 있어?"

소대장은 내 말을 귓등으로도 듣지 않고 있었다.

"네 말대로 나찰이 있다고 치자. 무슨 수로 죽일 건데?"

"……."

"이미 실력 있는 선인들은 다 도망갔는데, 너 같은 하급 무사 따위가……."

"아닙니다."

난 하급 무사 따위가 아니다.

"내가 할 수 있습니다."

난 화경의 고수.

불리했던 전황을 뒤엎으며 수많은 기적을 만들어 온 초고
수란 말이다.

그렇게 생각하는 순간, 죽은 자들이 우리를 향해 달려들었다.

나는 즉시 검을 잡으며 대응에 나섰다.

낙월검법, 이위화.

모조리 불태워 죽이겠다.

그런데…….

"……어?"

검을 채 휘두르기도 전, 사자의 검이 내 이마로 떨어지고
있었다.

고작 하급 무사로 만든 사자가 이렇게도 강했었나?

이해되지 않는 상황에 당황스러울 찰나.

"이서하!"

뒷덜미를 잡아당기는 느낌과 함께 사자의 검이 코끝을 스
치며 지나갔다.

그제야 망각하고 있던 사실이 나를 충격에 몰아넣었다.

하급 무사.

그것도 나찰과의 전쟁으로 칼만 휘두를 줄 알면 무과에 합격시켜 주던 시절 임관한 쓰레기.

이 당시의 나는 그런 존재였다.

'그래…… 그랬었지.'

난 약하다.

이 도시에 있는 그 어떤 무사들보다도 약했다.

다른 이들에게 의지해야만 살아남을 수 있을 정도로.

"정신 차려, 이 새끼야!"

뒤이어 들려온 소대장의 욕설이 다시 한번 일깨워 준다.

제 한 몸조차 지켜 내지 못했던 이서하.

부정하고 싶은 그때로 돌아왔다는 현실을 말이다.

"가서 시민들이나 베라고!"

나도 모르게 몸을 돌려 빠르게 달렸다.

"꺄아악!"

익숙한 음성이 비명이 되어 귓가에 꽂혔다.

옆에서 싸우던 여선배가 죽은 자들에게 목을 물어뜯기고 있었다.

"사, 살려 줘……."

그럼에도 나는 못 본 체 고개를 돌렸다.

난 누구를 살릴 수 있는 사람이 아니다.

아니, 그보다 죽기 싫다.

추하게라도 살아남고 싶다.

12

'그런 눈으로 보지 마. 나는 다른 임무를 맡았을 뿐이라고.'

애써 내 결정에 당위성을 부여했다.

그렇게 하지 않으면, 죄책감에 금방이라도 무너져 버릴 것만 같았다.

비명과 울부짖음을 무시하며 달리는 것만을 반복하다 보니 어느덧 목표했던 주막이 시야에 들어왔다.

안으로 들어서자 벌벌 떠는 수많은 이들을 볼 수 있었다.

"무, 무사님이시다!"

"살았어! 우린 살았어!"

구원의 손길이라 여긴 것일까?

두려움에 떨던 이들이 나를 발견한 이들이 환호성을 내질렀다.

그러나 과연 진실을 알게 된 이후에도 그렇게 생각할까?

'전에는 죽였다.'

기뻐하며 가족을, 연인을 얼싸안는 팔을 잘라 버렸다.

도망가는 사람들의 다리를 몸에서 분리시켰다.

그때의 참상을 나는 또다시 재현해야 한다.

이성은 그래야 살 수 있다고 말하지만, 마음은 격하게 반대했다.

잊히지 않는 기억에 또다시 고통받고 싶지 않았으니까.

'꼭 팔다리를 잘라야 할까?'

다른 방법도 있지 않을까?

모두가 행복해질 수 있는 그런 방법 말이다.

그렇게 잠시 고민하던 나는 모험을 해 보기로 결정했다.

살린다.

어떻게든 살려 보겠다.

"……어, 어서 이쪽으로 오십시오. 노인과 아이들부터 가야 합니다."

나는 사람들을 데리고 주막 밖으로 나왔다.

죽은 자들이 무사와 싸우고 있을 때 몰래 빠져나간다면, 도망칠 수 있지 않을까?

잠시 그런 비현실적인 이상을 꿈꿨다.

이후 전보다 더욱 비참한 현실이 닥칠 것도 모른 채.

"키에에에에엑!"

"안 돼에에에에에!"

죽은 자들은 수를 불리기 위해 약한 이들을 먼저 노리고 달려들었다.

아이를 지키려 사자의 칼을 대신 맞았던 부모가 바로 일어나 아이의 목을 꺾는다.

얼마 전까지 사랑을 속삭였던 입은 연인의 몸을 물어뜯었다.

아비규환.

죽은 자가 가족과 지인들을 죽이고, 또 무사들에게 달려든다.

그렇게 내가 주막에서 데리고 나온 시민들은 고작 일각도 되지 않아 산다의 종이 되었다.

"나는 그저⋯⋯."

잘해 보려고 했을 뿐이다.

한 명이라도 더 살려 보려고 했을 뿐이다.

"어차피 다 죽을 거였어. 어차피 다⋯⋯."

왕은 피신했고 강한 무사들은 작전상 후퇴라며 도망친 지 오래였다.

삶의 희망을 잃고 스스로 목숨을 끊는 이들도 있었지만, 이마저도 부질없었다.

그들 또한 죽은 자가 되어 일어났으니 말이다.

하급 무사 나부랭이인 나는 할 수 있는 만큼 한 것이다.

그러니까⋯⋯.

"으아아아아아악!"

내 잘못이 아니다. 나는 최선을 다했다.

그렇게 변명하며 이번에도 도망쳤다.

◆　◈　◆

강 하류.

한 여자가 이서하를 둘러업고 물가를 빠져나왔다.

"후우⋯⋯."

그녀는 거친 숨을 몰아쉬며 강가 근처의 오두막 안으로 들어가서야 이서하를 내려놓았다.

"유현성 말대로네."

여인의 정체는 후암의 단원이자 이주원의 정보원, 전가은.

저녁 식사를 끝낸 이서하가 돌아간 직후, 유현성은 전가은을 불러들였다.

"우리 사위가 가장 위험할 거다. 옆에서 지켜보다가 무슨 일이 생기면 바로 보고하도록."

전가은은 고개를 끄덕였다.

은월단 입장에서도 이서하의 일거수일투족을 감시하는 편이 좋았으니 말이다.

그런데 이런 일이 벌어질 줄은 꿈에도 몰랐다.

'미친놈들.'

진명과 이서하.

두 사람의 대결은 도저히 고수들의 싸움이라 볼 수 없었다.

저잣거리에서도 보기 힘들 정도로 추한 싸움.

맹목적으로 서로의 몸에 검을 쑤셔 넣는, 마치 짐승의 사투처럼 느껴졌으니 말이다.

그만큼 치열했기에 당장 죽어도 이상하지 않을 상처가 가득했었다.

'가만히 놔뒀으면 물속에서 죽었겠지.'

그런데 왜 구했을까?

이서하가 죽는 것이 은월단을 위해서도 더 좋을 텐데 말이다.

잠시 짧은 의문이 들었으나 전가은은 젖은 머리를 뒤로 넘기며 빠르게 답을 내렸다.

'빚을 갚았을 뿐이다.'

이전 신평에서 그가 도움을 주었으니, 그에 대한 빚을 갚은 것이었다.

"내가 해 줄 수 있는 건 여기까지입니다."

그러니 이후부터는 이서하 스스로 해결해 나가야 할 일이다.

전가은은 차분한 눈빛으로 이서하를 내려다봤다.

심각했던 상처는 이미 다 아물어 흔적조차 찾아볼 수 없었다.

강에 뛰어들기 전 보았던 진명처럼, 이서하 또한 평범한 인간은 아니라는 말이었다.

하지만 이번에는 이서하의 생각이 더 짧았다.

'몸은 회복해도 정신은 회복할 수 없는 법.'

전가은도 겪어 봤기에 알 수 있었다.

조금 스친 것만으로도 정신을 피폐하게 만든 요검(妖劍).

이서하는 그 요검에 십수 번은 찔렸다.

제아무리 수없는 기적들을 만들어 온 이서하라 할지라도, 환상 속에서 빠져나오기는 쉽지 않을 것이었다.

전가은은 눈물을 흘리는 이서하를 보며 작게 중얼거렸다.

"당신은 어떤 환상을 보고 계십니까?"

이서하.

당신은 죽고 싶을 만큼 힘든 경험을 한 적이 있습니까?

진명이 이서하를 사냥하기 위해 떠난 그 시각.

신태민의 저택에는 진명을 제외한 사무신이 모였다.

가장 늦게 도착한 백성엽은 자리에 앉으며 물었다.

"진명은 오지 않습니까?"

신태민을 향한 질문이었지만 대답은 허남재에게서 흘러나왔다.

"진명 무사님은 현재 중요한 임무를 수행 중입니다."

"설날에 수행할 만큼 중요한 임무가 있었나?"

"이서하 제거입니다."

순간 표정이 굳어진 백성엽을 보며 허남재가 미소 지었다.

"문제라도 있습니까?"

"……무슨 일을 벌이시는 겁니까, 저하?"

"설명은 제가 해 드리죠."

허남재는 반론은 듣지 않겠다는 듯 빠르게 말을 이어 갔다.

"국왕 전하께서 내일 두 왕자님과 등산을 떠나자 제안해 오셨습니다. 이에 오전에는 약속이 많아 오후에 노을을 같이 보는 게 어떠냐는 뜻을 전달했고 흔쾌히 받아 주셨지요. 산행에는 저하와 진명 무사님만이 참여하실 테니, 나머지 세 분은 수도의 일을 맡아 주시면 감사하겠습니다."

"무슨 일을 맡아 달라는 건가?"

그러자 신태민이 자리에서 일어났다.

"형님을 따르는 자들을 모두 죽이는 일입니다."

상당히 충격적인 발언이었으나 백성엽은 묵묵히 신태민을
바라볼 뿐이었다.

그러자 서아라가 눈치를 보며 손을 들었다.

"저하, 제가 한 말씀 올려도 괜찮겠습니까?"

"해 보아라."

"신유민 저하를 따르는 사람들이라면 신평의 가주와 계명
의 사람들, 그리고 운성의 한영수까지 포함되어 있습니다. 그
밖에도 철혈대, 이서하의 광명대, 거기다 수많은 문관들과 수
도의 선인들 또한 포함됩니다. 이 모두를 죽이라는 겁니까?"

"그렇다. 문제 될 게 있느냐?"

서아라는 침을 삼켰다.

'미쳤네.'

말이 안 된다.

저 많은 이들을 하루아침에 숙청하는 것은 힘든 일이었으
니까.

또한 만에 하나 이루어 냈다 하더라도 이 나라의 바탕을 이
루는 인재들을 전부 죽이는 것이나 다름없다.

자칫 나라의 기반이 흔들릴 수도 있는 일이었다.

'어쩌지?'

단호한 표정으로 보건대 신태민은 이미 마음을 굳혔다.

무언가를 한번 정하면 무슨 일이 있어도 밀고 나가는 것이 신태민의 성향.

'저하를 설득하기 위해서는⋯⋯.'

그런 저하의 마음을 돌릴 수 있는 방법은 오직 하나.

더 좋은 제안을 하는 것이었다.

서아라는 가만히 생각하다 입을 열었다.

"한 가지 제안을 해도 될까요?"

"그래, 새로운 제안은 언제나 환영이다."

"송구스러운 말이지만 이 작전은 너무 위험 부담이 크다고 생각합니다. 적에게는 고수도 많고 전력도 강합니다."

"그건 걱정하지 마라. 내가 친히 왕가의 명주(銘酒)를 풀어 모두에게 베풀 예정이다. 만찬이 유시(오후 5시)부터 시작할 예정이니 술시(오후 7시)가 지나고 나면 대부분 술에 취해 있을 것이다. 그때 돌입하면 대부분의 무사들은 제압할 수 있을 것이다."

"하지만 철혈님은 물론 신평의 박진범과 광명대원들 모두 엄청난 고수들입니다. 술에 취할 거 같지도 않고요."

"그 역시 간단한 일이다. 나찰들이 우리를 도와줄 예정이니."

"⋯⋯나찰들이요?"

나찰이라니?

이건 또 무슨 뚱딴지같은 소리일까?

"건하야. 나찰들의 실력은 모두 어떠하더냐?"

백야차와 같이 수련한 이건하는 누구보다 세 나찰의 실력을 잘 알고 있었다.

"백야차는 화경(化境) 완숙 단계라고 볼 수 있으며 유비타와 아카 또한 화경의 초입에는 들어선 듯 보였습니다. 거기에 나찰들이 가지고 있는 요술(妖術)까지 생각한다면 우리에게 화경의 고수가 셋은 더 있는 셈이죠."

"그리고 무신님은 걱정할 것이 없다. 잠시 다른 곳으로 보낼 생각이니. 상황이 전부 끝나고 돌아오셔도 나를 어쩌진 못하실 것이다. 설마 마지막 남은 왕가의 핏줄을 죽이기야 하겠느냐?"

"……."

"바로 그겁니다. 무신님의 무위야 의심할 여지가 없지만 또 마음은 따뜻하신 분이라. 선을 절대 넘지 않으시죠."

허남재의 말에 서아라는 주먹을 쥐었다.

이번 대화로 확실하게 알 수 있었다.

신태민은 정신이 나갔다.

아니, 여기 있는 모두가 미친 것이 분명했다.

"산 쪽은 걱정하지 마라. 내가 진명과 알아서 할 테니. 수도만 잘 정리해 놓도록. 이건하. 자신 있느냐?"

"자신 있습니다."

서아라는 당황을 넘어 허탈한 심경에 이르렀다.

'허남재야 이미 알고 있었지만…….'

냉철하게 사리 분별은 할 줄 알았던 이건하마저 아무런 표정 변화 없이 있을 뿐이었다.

모두가 한통속.

서아라는 남은 동아줄을 향해 고개를 돌렸다.

'장군님밖에 없다.'

정신이 나간 신태민과 그를 맹목적으로 따르는 허남재와 이건하에게 한마디를 할 수 있는 것은 대장군인 백성엽뿐이었다.

때마침 여태껏 아무 말 없이 고개만 끄덕이던 백성엽이 입을 열었다.

"할 말이 있습니다. 저하."

"그래, 말해 보세요. 장군."

잠시 뜸을 들이던 백성엽은 고개를 끄덕이며 말했다.

"언제까지 정리하면 됩니까?"

"……장군님?"

당황한 서아라가 뭐라 따지려 들기 전 백성엽이 손을 들어 제지하고는 말을 이어 갔다.

"철혈님이 돌아오기 전에, 그리고 저하가 돌아오실 때 즈음. 다 정리해야 하지 않겠습니까?"

"그렇군요. 해시(오후 9시) 초까지는 다 정리하면 좋을 거 같습니다. 철혈님은 그때까지 어떻게든 유인해 놓도록 하죠."

"알겠습니다. 그럼 사대문(四大門)을 다 막아 빠져나가는 사람이 없도록 해야 하니 지금부터 작전을 준비하도록 하죠."

"역시 대장군. 하나를 말하면 열을 해 주시는군요. 든든합니다."

"저하의 추진력이 새삼 대단하다는 생각이 듭니다. 확실히 이번 설이 아니면 이 판국을 다시 뒤집기는 힘들겠죠."

백성엽은 미소와 함께 자리에서 일어났다.

"국왕 전하와 함께 보는 노을이 꽤 상징적일 거 같습니다. 서아라. 일어나라. 준비할 것이 많으니."

"……네, 장군님."

"잘 부탁합니다. 대장군."

신태민의 말에 백성엽은 가볍게 경례하고는 회의실에서 빠져나갔다.

허남재는 예상 밖이라는 듯 휘파람을 불었다.

"호오, 의외로 순순히 나가는군요. 한바탕 대거리라도 할 줄 알았는데 말입니다. 백성엽 장군답지 않은데요?"

"그러니까 말이야. 대세를 읽은 건지, 아니면 다른 꿍꿍이가 있는지……."

신태민은 가만히 생각하다 말했다.

"백성엽 장군은 계속 감시하고 있나?"

"은월단에서 감시 중입니다."

"그래, 별다른 움직임은 없고?"

"매 시진 보고받고 있습니다만, 아직 아무런 움직임도 보이지 않는다고 합니다."

"계속 감시하도록. 그리고 만약 허튼짓하려 한다면 바로 처리하라고 해라."

"네, 저하. 그리 전하겠습니다."

허남재가 떠나고 신태민은 이건하를 돌아봤다.

"백성엽 장군의 배신도 염두에 두거라. 건하야, 무슨 일이 있어도 성공해야 한다. 알겠느냐?"

"네, 저하."

성공하면 모든 것을 얻고, 실패하면 전부를 잃을 것이다.

그러니 이번 작전은 무슨 일이 있어도 성공시켜야만 했다.

달이 밝은 시간.

잔업을 끝낸 이장원은 기지개를 켜며 밖으로 나섰다.

"아이고고, 정문이 그게 나가니까 죽을 거 같네."

이정문이 광명대 전속으로 발령받은 뒤 이장원은 크고 작은 일들을 도맡아 하기 시작했다.

설 연휴가 시작되면서 추가 봉급 및 여러 일을 처리하다 보니 하루가 다 가 버렸다.

"상원이는 좋겠네. 아들내미랑 밥도 같이 먹고."

잠시 동생을 부러워하던 이장원은 뭔가를 결정한 듯 아직

불이 환하게 켜진 시내로 발걸음을 돌렸다.

"건하가 고기만두를 좋아했나? 야채만두를 좋아했나?"

그럼 둘 다 사면 될 일이었다.

그렇게 술과 음식을 산 이장원은 이건하의 저택으로 향했다.

매일 원정과 업무로 바쁜 아들이었기에 같은 도시에 살아도 이렇게 명절이 아니면 얼굴도 보기 힘들었다.

명절이라도 따로 시간을 내어 밤참이라도 같이 먹지 않으면 일 년 내내 대화다운 대화 한 번 못 하는 것도 허다했다.

"이리 오너라."

하인이 허둥지둥 나오고 이장원은 미소와 함께 말했다.

"건하 있느냐?"

"아직 돌아오지 않으셨습니다."

"그러냐? 역시 우리 아들이 바쁘긴 한가 보구나. 이 시간에도 집에 있지 못할 정도니."

이장원은 고개를 끄덕이고는 턱으로 안을 가리키며 말했다.

"들어가서 기다려도 되겠느냐?"

"물론입니다. 안으로 드시지요."

이장원은 손님방 중 하나로 이동해 자리를 잡았다.

"돌아오시면 말씀드리겠습니다."

"그래, 나 혼자 천천히 술이라도 한잔하고 있을 테니 오면 말해 주게."

하인이 물러가고 이장원은 실실 웃으며 말했다.

"아이고, 아들내미 잘 키워 놓으니 남이 부려 먹네. 이럴 줄 알았으면 너무 잘나게 낳지 말 걸 그랬어."

그렇게 너스레를 떨며 술을 몇 잔 들이켤 때였다.

옆방에서 누군가의 목소리가 들렸다.

"너희들을 부른 이유는 내일 있을 작전에 관해 이야기하기 위함이다."

아들의 목소리였다.

반가운 마음에 벌떡 일어났던 이장원은 작전이라는 말에 잠시 행동을 멈추었다.

이윽고 이건하가 말을 이어 갔다.

"내일 거사를 진행할 예정이다."

거사(擧事)?

이 설에 거사를 치를 일이 뭐가 있단 말인가?

심각한 분위기에 이장원은 정신을 집중해 귀를 기울였다.

"필히 숙청(肅淸)해야 하는 대상은 여기 적어 놓았다. 이들의 위치를 정확하게 파악하고 나에게 알려 주는 것이 너희들의 임무다."

숙청(肅淸)이라는 말에 이장원은 침을 삼켰다.

아들은 생각보다도 더 충격적인 일을 꾸미고 있었다.

"박진범 가주님을 숙청하는 겁니까?"

신평의 박진범?

그 거물을 죽인다는 말인가?

"그래. 박진범은 물론 명단에 포함된 모든 이들을 확실하게 제거해야만 한다. 그렇게만 한다면 너희들은 신태민 저하를 왕으로 만든 일등 공신이 되어 4대 가문 못지않은 대가(大家)를 이룰 것이다. 알겠느냐? 한 치의 실수도 없어야 할 것이다."

"네, 장군."

"그럼 이만 돌아가 내일을 위해 준비하도록."

그렇게 이건하의 부하들이 전부 **빠져나가고** 이장원은 자리로 돌아가 앉았다.

현실이라고는 믿기지 않는 상황이었다.

'신태민이 결국 일을 저지르는구나.'

아무리 사이가 좋지 않아도, 또 아무리 왕위가 가지고 싶다고 하더라도 어떻게 자기 할아버지와 형을 죽이려 한단 말인가?

'말려야 한다.'

그렇게 생각할 때 누군가 손님방 문을 거칠게 열었다.

이건하였다.

"……언제부터 계셨습니까? 아버지."

어쩔 줄 몰라 하는 하인을 힐끗 보는 이건하.

이장원은 솔직하게 말했다.

"하인은 내보내고 와서 앉거라. 할 말이 있으니까."

이건하는 순순히 이장원의 앞으로 와 앉았다.

"다 들으셨습니까?"

"그래, 다 들었다. 가주들을, 그리고 대신들을 숙청한다고?

신태민 저하를 위해서?"

"그렇습니다."

"그거 반역이다. 아느냐?"

"……."

대답이 없자 이장원은 답답함에 술을 마셨다.

"건하야, 그건 아니다. 그건 충성이 아니야. 주군이 잘못된 길을 가려고 하면 목숨을 걸어서라도 길을 막는 게 신하 된 도리다. 멈추거라. 가서 신태민 저하를 막아."

"이미 결정된 사항입니다."

"이건하!"

이장원은 식탁을 내려치며 일어났다.

"청신의 이름을 달고 반역이라니! 그게 말이 된다고……."

"성공하면 되는 일 아닙니까?"

실패하면 반역이지만 성공하면 공신이다.

"……똑똑한 네가 왜 옳고 그름을 판단하지 못하는 것이냐?"

"옳고 그름은 기준에 따라 달라집니다. 신태민 저하를 따르는 저에게는 이것이 옳은 일입니다."

"내 말은 그 말이……."

말문이 막힌 이장원은 무표정한 아들을 바라볼 뿐이었다.

"멈출 생각이 없구나?"

"멈출 이유도 없습니다."

"그래? 그러면 내가 막아야겠다."

"아버지가 어떻게 막으실 겁니까?"

이건하는 귀찮다는 듯 혀를 찼다.

"그럴 능력이라도 있으십니까?"

"없지. 하지만 불가능한 일은 아니다. 네 할아버지라면 가능하겠지."

"……."

"네 할아버지랑 다시 오마."

그리고 이장원이 몸을 돌릴 때였다.

"하아."

작은 한숨.

그와 동시에 이장원의 등으로 뭔가가 파고들었다.

푹! 하는 소리와 함께 검신이 이장원의 가슴을 뚫고 나왔다.

이정원은 심장을 관통한 검 끝을 내려다보고는 고개를 돌렸다.

"아, 아들아……."

이윽고 검이 뽑히고 이장원은 차가운 바닥에 고꾸라졌다.

"네가 어찌……?"

이건하는 당황한 눈으로 올려보는 아버지를 향해 다가가 쪼그려 앉았다.

"아버지."

그리고는 숨진 아버지의 눈을 감겨 주고는 자리에서 일어났다.

"어떻게 한 번도 도움이 되질 않으십니까?"

미처 먹지 못한 만두만이 차갑게 식어 가고 있었다.

〈13권에 계속〉

슬기로운 회귀생활

은반지 현대판타지 장편소설

MORDERN FANTASY STORY

가문의 이익을 위해 길러진 개, 황재건.
당연하게도 그 인생의 끝은 토사구팽이었다.
철저히 이용만 당하다 버려진 그날,
세상은 그에게 또 한 번의 기회를 주었다.

[기반된 운명(運命)이 수레바퀴에 의해 뒤틀립니다.]

눈앞에 보이는 광경은 10여 년 전 머물던 방안.
F급 각성으로 찬밥 신세를 면치 못했던 20살 때였다.

'이건…… 그냥 나잖아?'

그런데 SSS급 헌터의 힘이 그대로다.

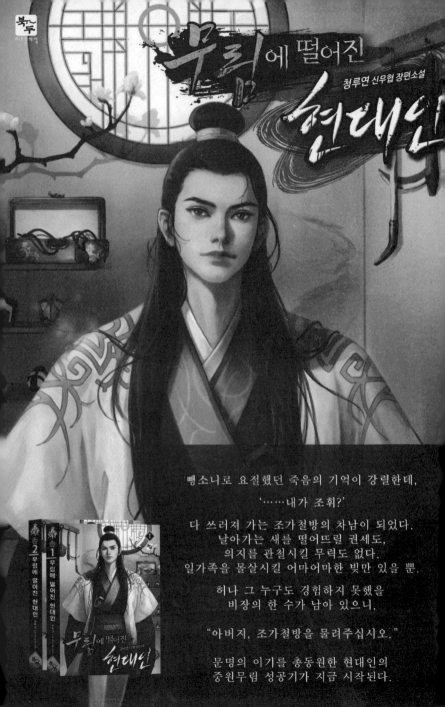

무림에 떨어진 현대인

청루연 신무협 장편소설

빵소니로 요절했던 죽음의 기억이 강렬한데,

'……내가 조휘?'

다 쓰러져 가는 조가철방의 차남이 되었다.
날아가는 새를 떨어뜨릴 권세도,
의지를 관철시킬 무력도 없다.
일가족을 몰살시킬 어마어마한 빚만 있을 뿐.

허나 그 누구도 경험하지 못했을
비장의 한 수가 남아 있으니.

"아버지, 조가철방을 물려주십시오."

문명의 이기를 총동원한 현대인의
중원무림 성공기가 지금 시작된다.